Conspiração

João Franco

Conspiração

COLEÇÃO NOVOS TALENTOS DA LITERATURA BRASILEIRA

novo século®

SÃO PAULO 2012

Copyright © 2012 by João Franco

PRODUÇÃO EDITORIAL Nair Ferraz
PREPARAÇÃO Ana C. Felts
REVISÃO Fabrícia Romaniv
DIAGRAMAÇÃO Carlos Eduardo Gomes
CAPA Adriano Souza

TEXTO DE ACORDO COM AS NORMAS DO NOVO ACORDO ORTOGRÁFICO DA LÍNGUA PORTUGUESA (DECRETO LEGISLATIVO Nº 54, DE 1995)

DADOS INTERNACIONAIS DE CATALOGAÇÃO NA PUBLICAÇÃO (CIP)
(Câmara Brasileira do Livro, SP, Brasil)

Franco, João

Conspiração / João Franco. -- Barueri, SP : Novo Século Editora, 2012. -- (Coleção novos talentos da literatura brasileira)
1. Ficção brasileira I. Título. II. Série.

12-11026   CDD-869.93

Índices para catálogo sistemático:
1. Ficção : Literatura brasileira 869.93

2012
IMPRESSO NO BRASIL
PRINTED IN BRAZIL
DIREITOS CEDIDOS PARA ESTA EDIÇÃO À
NOVO SÉCULO EDITORA LTDA.
CEA – Centro Empresarial Araguaia II
Alameda Araguaia, 2190 – 11º Andar
Bloco A – Conjunto 1111
CEP 06455-000 – Alphaville Indústrial – Barueri – SP
Tel. (11) 3699-7107 – Fax (11) 2321-5099
www.novoseculo.com.br
atendimento@novoseculo.com.br

Dedicatória

À minha esposa, por sempre acreditar em mim; ao Lucas, por tornar minha vida mais feliz; à minha avó, minha mãe e a meu tio, por terem me criado; a meu mentor Dr.Humberto. Sem eles, jamais seria possível a edição desta obra.

Agradecimentos

Ao meu padrinho e a minha madrinha; aos meus primos Fernando, Rosiely, Mycael e Cilene, que são como irmãos para mim; aos meus amigos verdadeiros e a todos os escritores de ficção científica que pude conhecer e que, ao ler suas obras, foi-me possível idealizar este livro.

Os Escolhidos

Todos tinham ido dormir naquela noite. Afinal, haviam acabado de participar de um velório e não tinham nenhum pique para ficar batendo papo. Carlos e Renata haviam despachado seus parentes, mas alguns ainda estavam dormindo na casa que seu pai deixou para os dois, agora que já não habitava mais este mundo.

Mal conheceram sua mãe, por isso tinham em seu pai o único apoio nesse mundo. Era ele quem sustentava a casa e dizia a seus filhos que eles deveriam estudar, independente de qualquer coisa, pois só assim poderiam ser alguém na vida e não como ele, servo de todos. Ninguém sabia ao certo o que ele fazia; a única coisa que sabiam era que ele tinha um emprego e que dava uma boa-vida aos filhos.

Enquanto alguns parentes do interior dormiam esperando o amanhecer para voltarem a suas vidas, Carlos roncava em seu quarto. Renata ainda chorava, quieta em um canto de sua cama, agarrada ao primeiro ursinho que lembrara que seu pai lhe havia dado. Ele disse a ela que guardasse aquele urso, pois ele sempre ajudaria em sua vida.

Renata se levantou e foi ao banheiro, acendeu a luz e lavou o rosto. Por um momento ouviu um barulho em seu quarto, mas pensou que fosse alguém na casa. Quando retornou à cama e se deitou, sentiu um calafrio na espinha. Olhou as janelas e a porta, estavam fechadas. Sentiu novamente e não entendeu o porquê. De repente, escutou um barulho em um canto escuro do quarto, olhou fixamente para lá e viu um vulto correr ao redor das quatro paredes. O coração gelou e a voz não saiu; mesmo querendo, ela não conseguiu gritar, ficou imóvel e estagnada.

Da cama, paralisada, começou a ver a luz de seu banheiro acender e apagar, a descarga foi acionada e a torneira, aberta. Imóvel em seu leito, sentiu algo em suas costas, como se alguma coisa estivesse embaixo da cama pressionando-a para cima. Renata começou a suar frio quando ouviu uma voz gritar: "NÃO!" E então ela desmaiou.

Já era por volta das 10h30 quando seu irmão bateu à porta para acordá-la, pois as visitas estavam indo embora e estava tarde, precisavam correr atrás das coisas para saber como seria suas vidas daqui para frente. Renata se levantou e foi correndo lhe contar o que tinha acontecido:

– Carlos, Carlos! Durante a noite senti um calafrio na espinha e acho que vi alguma coisa num canto escuro do quarto, e então algo empurrou minha cama para cima! – disse toda apavorada.

– Olha, Renata, sei que estamos passando por um momento difícil, mas é melhor se controlar, pois hoje temos muita coisa a fazer. Você pode ter sonhado, tem certeza de que não estava dormindo? – perguntou, baixando a cabeça.

– Não, Carlos! Eu não estava sonhando, e pode deixar que vou me comportar! – respondeu brava enquanto se dirigia ao banheiro.

Alguns minutos depois, todos estavam na cozinha tomando café. Seus parentes se despediram, e então os dois entraram no carro e foram ao advogado de seu pai sem falar uma palavra. Pelo caminho, Renata se sentiu desconfortável, pois parecia que algumas pessoas olhavam para dentro do carro, fitando seus olhos como se a conhecessem ou a odiassem. Não quis comentar isso com o irmão, uma vez que ele já não tinha acreditado nela pela manhã e acharia novamente que fosse o trauma pela morte de seu pai.

    Chegaram meia hora depois ao escritório do advogado e aguardaram pelo menos uma hora para serem atendidos. Estranho foi o fato de que a secretária ficou olhando para eles o tempo todo, sem desviar os olhos e sem falar nada. Constrangidos, os dois ficaram quietos.

    – Senhor e senhora Franco, podem entrar – chamou o advogado, com uma voz tenebrosa e gelada. – Boa tarde! Podem sentar.

    Os dois sentaram diante do velho advogado de barba branca e rosto envelhecido. Sua sala parecia um museu e até exalava mofo, com as paredes decoradas de livros. O homem cheirava a charuto e à bebida e começou a falar sobre os bens que o pai deles deixara.

    Carlos e Renata descobriram que seu pai tinha um cofre particular no Banco do Brasil; a casa onde moravam; um terreno com uma casa velha no interior de São Paulo; duas contas bancárias, com saldo e aplicações, que já eram suficientes para deixá-los bem; um apartamento alugado, e o mais interessante: uma igreja abandonada, que seu pai comprara em um leilão, na cidade de Jambeiro, no mesmo estado.

    Os irmãos ficaram surpresos com a quantidade de bens herdados e, sobretudo, com a igreja. Mas estavam perdidos e precisavam de ajuda para saber o que fazer com tudo isso. Antes de falarem, o advogado lhes sugeriu:

    – Por que vocês não olham tudo primeiro e depois decidem o que vão fazer? – sorriu ele.

    – Eu não sei não... Não tem que fazer um tal de inventário antes? – antecipou Carlos, com a voz confusa e preocupada.

— Sim, mas eu posso adiantar tudo e pelo que vejo, vocês não têm problemas de relacionamento. Posso colocar tudo no nome dos dois e então, quando decidirem, podem vender em conjunto — sorriu mais uma vez, com a certeza de que os tinha convencido.

— Carlos, acho que ele tem razão, vamos ver tudo e depois nos decidimos. Não vamos brigar por dinheiro, não é mesmo? — olhou Renata para seu irmão, certa de que era a melhor coisa a fazer.

— Bem, claro que nunca vamos brigar por dinheiro! É que não sei não, sou meio desconfiado com essas coisas. Mas se meu pai confiava no senhor, nós também confiamos — disse ele, concordando com a ideia de primeiro ver tudo o que herdaram.

— Não se preocupe, meu jovem. Nunca enganei ninguém e muito menos vou enganar os filhos de um velho amigo meu, que por sinal deixou esta carta para vocês. Ela poderá ajudar ainda mais a confiarem na decisão que tomarem — o velho advogado entregou-lhe a carta.

Uma carta velha e dobrada estava nas mãos de Carlos, que logo foi abrindo, enquanto educadamente o advogado os deixava a sós na sala. Carlos começou a lê-la em voz alta:

Queridos filhos, devem estar surpresos com os bens que herdaram, pois nunca falei deles, mas era porque queria deixá-los fora dos meus negócios. Infelizmente, chegou a hora de partir deste mundo e tenho de deixá-los a par de tudo. O doutor Genaro, o advogado, que se bem conheço, deixou vocês a sós para lerem a carta. Ele é de extrema confiança e vai ajudá-los em tudo.

Filhos, entendam que existem coisas que não se pode explicar e por isso quero que prestem bem atenção a esta carta, pois, de agora em diante, as coisas vão mudar para os dois. Meu legado passou para um de vocês, mas até saberem qual dos dois, devem permanecer juntos.

Não pude revelar tudo nesta carta, porque ela poderia cair em mão erradas. Tive de separar as coisas. Primeiro vão até meu quarto; vão encontrar dentro do porta-retratos de sua mãe uma chave, que abre um cofre localizado dentro do compartimento onde deveria ter o motor da hidromassagem, por isso nunca funcionou! Lá encontrarão algumas coisas e instruções para prosseguirem.

Filhos, amo vocês mais que tudo neste mundo e sempre vou estar com vocês. Que Deus os abençoe nessa nova jornada, e não se esqueçam: basta olhar para dentro e verão o verdadeiro amor.

O velho advogado voltou à sala e começou a mexer em seus documentos enquanto os dois atônitos e sem entender nada se entreolhavam. Ou não acreditavam ou não sabiam o que fazer e foi então que Renata, irritadíssima e começando a se exaltar, perguntou:

— O senhor sabia sobre o conteúdo desta carta? Ou melhor, o senhor sabe de que coisas meu pai estava falando? Essa jornada, legado, dons, coisas de outro mundo? O que é isso? Uma brincadeira?

— Minha querida, seu pai era um homem maravilhoso, fazia coisas maravilhosas e os amava como amava sua mãe também. Somos homens antigos e de palavra, e seu pai me fez dar a minha palavra de que não iria falar nada sobre o assunto e que a única coisa que eu faria era ajudar. Mas posso dizer uma coisa, vocês são pessoas abençoadas e os caminhos que ele escolheu para os dois foram os melhores possíveis, dentro daquilo que terão de compreender. O resto irão descobrir dentro de suas jornadas. Agora devem ir e não se preocupem, cuidarei de tudo por aqui. Tomem, este é um número de telefone que podem ligar. Sempre atenderei – disse ele, encerrando a conversa e pedindo que assinassem alguns papéis.

Voltaram para casa, atônitos. Primeiro porque não sabiam que as finanças de seu pai estavam tão boas e desconheciam as coisas estranhas em que ele estava metido. Mas, agora, eles teriam de enfrentar.

No caminho de casa, apesar de estarem muito curiosos, resolveram parar em um *fast-food* para comer. Sentaram-se e fizeram o pedido, sem conversar nada um com o outro. O silêncio rompeu-se quando, de repente, um homem maltrapilho que não deveria estar dentro da lanchonete, sentou-se à mesa deles e começou a encará-los. Estranhando tal situação, um olhou para o outro e então Renata não se conteve:

– O que é isso, senhor? Esta mesa é nossa, vai procurar outra! Não vou conseguir comer com o senhor me olhando! – gritou ela com o velho.

O homem não se mexeu, mas a encarou ainda mais. Renata sentiu um calafrio e ficou assustada. Carlos ficou nervoso:

– Sai fora, cara, senão vou ter que arrebentar a sua cara! Não tá vendo que minha irmã não está gostando nada? – olhou-o nervoso e segurou o braço do velho.

O velho então se levantou e antes de sair lhes disse:

– Não se preocupem, vou embora. Mas quero que fiquem com isto, vão precisar; afinal, devo isso a seu pai – o velho largou em cima da mesa um dente de algum tipo de animal, que eles não souberam identificar, e saiu. Carlos ainda tentou ir atrás dele, porém não teve sucesso. O velho desapareceu ao sair da lanchonete.

Quando voltou à mesa, Renata estava olhando para o objeto estranho. Carlos queria que ela largasse aquilo ali mesmo e fossem embora; no entanto, ela resolveu levar o dente. As coisas andavam meio estranhas mesmo... Por que um dente faria tanta diferença?

Essa foi a deixa para que voltassem correndo para casa. Contudo, quando estavam se aproximando de seu quarteirão, notaram algo estranho: um movimento, uma correria na rua, viaturas da polícia e dos bombeiros. A rua estava fechada, então estacionaram o carro e correram para ver o que estava acontecendo, pois parecia que algo havia ocorrido bem na casa deles.

Estava tudo isolado quando viram a fumaça e sua casa destruída. Renata queria passar de qualquer jeito, mas os policias não a deixaram, já que ainda havia chamas em tudo. Do nada, apareceu uma senhora dizendo ser amiga de seu pai e começou a conversar com os policiais. Disse que eles acabaram de perder o pai e agora a casa, como ficariam? Carlos e Renata estavam muito nervosos e a ponto de serem presos, mas a senhora conseguiu acalmá-los.

Ficaram sentados na calçada enquanto o fogo era contido. A senhora tratava de tudo, e eles, em estado de choque, apenas observavam com os olhos arregalados. Tinham perdido o pai, e tudo parecia ter virado de pernas para o ar, com mistérios, pessoas que não conheciam entrando em suas vidas, heranças que nem imaginavam e um advogado falando de coisas que nem sabiam que existiam. E, agora, quando chegam a casa, para tentar entender as coisas, deparam-se com um incêndio e uma senhora dizendo que os conhecia. As coisas não iam bem mesmo...

Ficaram a tarde inteira ali sentados, até a madrugada, sem comer. Tiveram de esperar o fogo apagar e, ainda por cima, aguentaram repórteres querendo fazer matéria. Por sorte, a senhora foi cuidando de tudo, enquanto, pasmos, pareciam estar vivendo um pesadelo sem-fim. Logo que a notícia do incêndio se espalhou, seus parentes começaram a ligar querendo saber se estavam bem e perguntando se precisavam de algo, além, é claro, tentando melhorar os ânimos dos dois.

O fogo foi controlado por volta das 2h, foi quando a senhora os convidou para irem à casa dela para descansarem. Meio perdidos, aceitaram. A casa da senhora localizava-se, curiosamente, quatro casas depois da deles. Nunca tinham visto ou encontrado aquela mulher na rua, sequer lembravam de vê-la conversando com seu pai. A casa, por fora, parecia normal, mas por dentro era cheia de objetos antigos, quadros e estátuas velhas. Com o piso todo de madeira e móveis do século passado, parecia mais um museu do que uma casa. Apesar de não parecer exteriormente, a casa tinha vários aposentos, inclusive um quarto preparado para cada um.

– Vocês podem ficar tranquilos, viu, crianças, pois vou cuidar bem de vocês. Devo isso a seu pai – disse a senhora sorrindo e contente.

– Desculpe, mas não sabemos o seu nome – perguntou Carlos.

– Meu nome é Isabel, e seu pai me ajudou muito quando precisei, por isso quero fazer o mesmo por vocês. Fiquem tranquilos, amanhã iremos até o que sobrou da sua casa, para ver se pegamos alguma coisa. Aposto que deve ter coisas importantes para vocês lá. Sei como é perder, mas também sei que com força e coragem conseguimos tudo de volta. E quanto a seu pai, não se preocupem, ele era um homem bom, e Deus tem um lugar reservado para pessoas assim. Agora vamos para seus quartos.

Renata sorriu e foi atrás de Dona Isabel, junto com Carlos. Este ficou no primeiro quarto, que parecia feito para ele. Depois, dirigiram-se ao quarto de Renata, que parecia um quarto de princesa, com lençóis de seda e tudo o mais que se pode esperar de um lugar sossegado para descansar o corpo e a mente. Enfim, dormiram.

Na manhã seguinte, encontraram a casa silenciosa e vazia; foram até a cozinha e viram a mesa do café posta, como se fosse a de um café da realeza. Estavam com tanta fome que comeram de tudo: bolos, queijos, sucos e o que mais se pode ter em um hotel cinco estrelas. A televisão estava ligada e ouviram de longe uma notícia sobre uma jovem que fora encontrada morta, jogada em uma lata de lixo. Em seu corpo havia uma substância que a polícia desconhecia, mas a causa da morte era outra. Então Renata começou a falar:

– Você não acha meio estranho tudo isto aqui? Ontem a gente chegou e estava tudo pronto, como se esperassem por nós. Parecia que a dona Isabel morava sozinha, e hoje de manhã acordamos e damos de cara com este banquete!

– Vamos comer e sair daqui! Nunca vi essa mulher, nem sei se ela realmente era mesmo amiga do papai.

Quando terminavam de comer, a porta se abriu, e entraram dona Isabel e o advogado que tinham conhecido no outro dia.

– Bom dia, meninos! – cumprimentaram eles em conjunto.

– Bom dia! Terminamos de comer e vamos ver o que sobrou da nossa casa – adiantou-se Carlos, sério e com pressa.

– Vocês se conhecem? O que é isso? O que está acontecendo? – indagou Renata, assustada e com medo.

– Calma meninos, todos nós somos amigos do seu pai e estamos aqui para protegê-los. Não iremos lhes fazer mal – disse o advogado tentando acalmá-los.

– Minha irmã tem razão. Que pessoas são vocês e em que meu pai estava metido? Nós vamos embora recolher o que sobrou da nossa casa e fiquem longe de nós.

– Bem, acho que vão precisar da nossa ajuda – disse dona Isabel.

– Não, vocês já fizeram muito, agora é por nossa conta... – falou Renata, em pausa, se acalmando. Eu e meu irmão vamos ter de descobrir tudo sozinhos, inclusive quem era nosso pai, já que todos não nos contam nada e ficam fazendo mistério. Ontem, estávamos comendo, e um homem veio até nossa mesa e deixou o que parece ser um dente de algum tipo de animal. Quando chegamos, vimos nossa casa em chamas, e então apareceu a senhora. O estranho é que ninguém fala nada – disse Renata desabafando.

– Vocês têm razão, crianças. Mas acho que, de agora em diante, as coisas vão se esclarecer melhor. Precisamos achar o cofre que seu pai mencionou na carta – sugeriu o advogado.

– Tudo bem se acharmos o cofre, mas e a chave? Aonde vamos encontrar? Aquilo deve estar uma bagunça!

– Você tem razão, e foi por isso que seu pai deixou uma cópia da chave comigo. Acho que encontrar o cofre ficou mais fácil – disse a senhora, sorrindo.

Os dois se entreolharam e resolveram ir junto com eles procurar o famoso cofre. Chegaram ao que sobrou da casa e como tinham previsto, realmente não seria tarefa fácil encontrá-lo ali.

Muita fumaça e lixo haviam se juntado em uma montanha de escombros. Existia até o perigo do resto da casa desabar.

Começaram a busca e, de repente, várias pessoas se juntaram a eles para ajudar. Pessoas que nunca tinham visto em suas vidas, todas com boas caras e dispostas. Não entenderam nada, mas também não reclamaram. Em pouco tempo alguém gritou: "Encontrei! Encontrei!".

Os dois, o advogado e a senhora foram até o local. O cofre parecia intacto, e se sentaram ao lado para começar a abri-lo. O advogado e a senhora decidiram deixá-los a sós e disseram que iriam agradecer aos que ajudaram enquanto os irmãos viam o conteúdo do cofre.

Carlos abriu-o rapidamente. Renata olhava tudo com curiosidade. Dentro dele, havia apenas uma Bíblia, um velho diário, chaves dos imóveis, uma cruz, uma carta e uma foto da família. No verso da foto estava escrito: *O bem mais valioso que temos é a nossa família*. Começaram a ler a carta:

> *Filhos, sei que deve estar difícil para vocês entenderem a situação, mas espero que compreendam que existem forças malignas que me impedem de lhes contar tudo de uma vez. Isso é uma maneira de protegê-los. Nossa família foi escolhida há milhares de anos para ser a guardiã de um dom extraordinário: o de ajudar as pessoas que são contra os que não mais são vivos nesta Terra. Não somos os únicos, mas apenas um deles. Esse dom passa de um dos pais para um dos filhos; não sei qual de vocês tem o dom, mas sei que os dois precisam se unir para continuar o trabalho que começou há séculos. Sei que devem estar vendo pessoas que nunca viram e achando tudo muito estranho. Confiem no*

Dr. Genaro, o advogado, e, por hora, dirijam-se à nossa casa, em São José dos Campos. Lá vão encontrar tudo o que precisam para se proteger e continuar nosso legado. Tomem cuidado, existem forças que não querem que nosso trabalho continue e, de agora em diante, verão coisas que nem conseguirão acreditar.

Guardaram os objetos e foram até a rua. Não havia mais ninguém lá a não ser o velho advogado, que lhes deu dinheiro, os cartões do banco e a chave do carro, com o endereço da casa. Disse para não se preocuparem com as coisas, pois ele resolveria tudo. Alertou-os também para tomarem cuidado com as pessoas que encontrassem pelo caminho, porque daqui para frente estariam sós.

Meio que por impulso, curiosidade ou adrenalina, entraram no carro sem saber direito o que estavam fazendo e se dirigiram ao sentido da marginal para pegar a Dutra. No caminho, passaram pela casa de dona Isabel e se assustaram ao ver uma casa velha e abandonada, totalmente diferente da que estiveram havia poucas horas.

— Você viu aquela casa, como pôde? Onde estávamos ontem e hoje de manhã? E aquela senhora e todos os outros para onde foram? Estavam todos mortos? Deus me livre! – exclamou Renata. – Não quero isso para mim, não – afirmou assustada.

— Não se preocupe, mana. Acho que sou eu que tenho o dom e vou protegê-la – disse ele todo orgulhoso enquanto dirigia o carro como se aquilo fosse algo maravilhoso.

Novos Inimigos

Jefferson e Nathan acompanhavam um velório naquele dia; sabiam quem era o falecido, mas não eram parentes, nem sequer amigos do morto. Pelo contrário, estavam felizes por aquela morte e nutriam um sentimento de missão cumprida. Observavam a todos e tinham certeza de que uma nova batalha iria começar.

Os dois faziam parte de uma organização misteriosa que era envolvida com coisas macabras e ilícitas. No momento, estavam atentos ao que acontecia com aquela família, pois tinham muitos interesses escusos.

Após o velório, eles voltaram para a casa, que mais parecia uma casa de usuários de drogas, cheia de jovens malucos vestidos de preto, com olhos pintados e cabelos pretos. Jogados, acumulavam-se pelos cantos do sobrado velho, repleto de quartos e salas. Em uma sala, em especial, estava o líder daqueles desolados, um tal de Roger. Os dois bateram à porta e entraram.

— Roger, finalmente, ele morreu! — Jefferson anunciou sorrindo para quem parecia ser seu chefe.

— Muito bem, já sabem quem são os outros? — indagou o homem com uma voz tenebrosa.

— Estamos no encalço deles, acho que teremos melhores informações amanhã.

— Ótimo! Deixem-me informado.

— Sim, senhor, pode deixar.

Jefferson e Nathan saíram e foram para a cozinha da casa. O ambiente, tal qual um cenário gótico, era escuro, com cheiro de mofo e aparência de molhado. Lá havia mais jovens: uns sentados em volta da mesa, outros em cima dela, alguns cozinhando e uns bebendo e fumando. Todos parecendo estar meio drogados ou em um estado de êxtase.

– E aí, Jefferson, beleza, cara! Como foram as coisas com o velho lá? Ele já foi desta para pior? – falou um dos jovens que estava de boné virado para trás, bebendo uma cerveja.

– Esse já foi, Cabelo, agora só faltam os outros!

– Logo mais nos livramos de todos dessa família! – disse Nathan, brindando.

– Então, Nathan, como foi a caçada daquele dia? – perguntou uma morena, encostada na geladeira, com voz de sarcasmo.

– Foi ótima, me realizei! Estou até melhor, sabia? Vamos sair todos para uma caçada qualquer dia desses?

– Vamos! Estou louca para subir nas paredes! – sorriu ela.

– O que os idiotas vão comer? – gritou o homem conhecido por cozinheiro.

– O de sempre, cozinheiro – respondeu Jefferson.

Poucos minutos depois, o cozinheiro serviu um prato com carne quase crua para os dois, que a devoraram em um segundo. Fumaram um cigarro, depois acenderam um baseado e injetaram algo em suas veias. Ficaram meio alucinados e levantaram-se falando:

– Ah! Agora estou pronto! Agora estou pronto! Vamos para a noite! – delirou Jefferson e junto com ele Nathan.

Logo, todos os jovens estavam drogados e prontos para cair na farra. Dividiram-se em grupos e seguiram para um das diversas baladas de São Paulo. Naquela casa devia morar um grupo de mais ou menos trinta jovens, homens e mulheres. No grupo de Jefferson, havia Nathan, a morena da geladeira, o Cabelo, Gustavo, Aline, Bruna e outras duas meninas que se juntaram a eles na sala. Foram para uma balada na região de Pinheiros, um lugar com músicas pop-rock, uma das casas sensação do momento da noite paulistana.

Chegaram à balada e entraram direto; como se fossem conhecidos por todos, nem precisaram ficar na fila. O local era ótimo: música boa e frequentadores de alto nível. E como eles diziam: um ótimo lugar para uma caçada.

Começaram bebendo e escolhendo suas vítimas. Por terem boa aparência, não tinham problemas em conquistar o sexo oposto e, às vezes, até o mesmo sexo. Logo Jefferson e Nathan se aproximaram dançando de um grupo de meninas.

– Oi, tudo bem? Eu e meu amigo podemos dançar aqui com vocês? – disse Jefferson, com jeito sedutor.

Os dois faziam muito bem "a social" e pareciam estar acostumados com isso. Eram agradáveis e gentis, e não faziam como a maioria dos caras que já tentavam fisgar a garota logo de cara. Tinham toda uma técnica e, na maioria das vezes, convenciam suas vítimas a ficarem com eles.

– E então o que vocês fazem, são de onde? – perguntou Nathan.

– Somos daqui de São Paulo mesmo, moramos no mesmo prédio. Eu sou veterinária – disse a loira que estava ao lado dele.

– Legal! Nós somos engenheiros e também moramos aqui em São Paulo, nos Jardins.

O papo rolou enquanto a bebida e a música os acompanhavam. Todos os que tinham ido naquele grupo já estavam com suas vítimas, e alguns estavam até as beijando.

Por volta das 2h, o grupo de Jefferson se encontrou no bar da balada.

– Então, pessoal, podemos ir? Já conseguiram o que queriam? – sondou Jefferson.

Todos concordaram e voltaram para seus pares. Logo uma multidão estava deixando a balada, rumo a outra festa em um apartamento de luxo perto dali: uma cobertura nos Jardins, um lugar impressionante e maravilhoso; tanto que, imediatamente, as vítimas ficaram sossegadas e deslumbradas, pois concluíram que ninguém daquele nível social lhes faria mal.

Subiram todos; a festa estava rolando. Alguns dos outros grupos já se encontravam lá com suas companhias, e logo o apartamento estava com mais ou menos sessenta pessoas. A cobertura era linda e tinha até piscina; garçons serviam bebidas caras e havia muita música. O anfitrião era Roger, que cumprimentou todos e foi muito simpático. Em nada se assemelhava àquele cara que estava na casa, parecia outra pessoa.

Em um determinado momento da festa, serviram uma pílula chamada de "pílula do paraíso". Em pouco tempo os jovens começaram a consumi-la; alguns não quiseram, mas outros, por embalo ou por causa da cabeça cheia de bebida, aceitaram.

A festa seguiu noite adentro e muitas loucuras aconteceram depois que a droga começou a rolar. Sexo e orgias rolavam nos quartos, enquanto alguns iam embora. De manhã, a casa estava de pernas para o ar. Muitos deles procuravam suas roupas, estavam meio perdidos. Mas aqueles que consumiram a droga pareciam felizes, pois diziam que foi a melhor noite de suas vidas.

O pessoal foi saindo, e, por fim, sobraram apenas os que eram da tal organização; menos um tal de Nelson, que também havia saído de madrugada com outro grupo. Roger se dirigiu a todos:

— Acordem! Vamos! Temos trabalho a fazer. Onde está o Nelson, era para ele estar aqui. Todos cumpriram seu papel perfeitamente, espero!

— Sim, senhor, pode ter certeza, esses são nossos e logo outros virão! – sorriu a menina da geladeira.

Todos se levantaram e foram tomar seus cafés, que, curiosamente, contava com a presença do cozinheiro, e era mais uma vez carne crua. No caminho de volta, ouviram pelo rádio sobre a morte de uma jovem que foi asfixiada, seu nome era Tayssa. Pela descrição, parecia uma das meninas da festa.

— Não acredito que aquele imbecil do Nelson fez merda! – gritou Nathan.

— Se ele fez isso, Roger vai matá-lo! Ainda não é hora para isso – completou Jefferson.

Chegaram ao velho casarão e lá estava Nelson, com medo e assustado.

— Jefferson, o Roger tá vindo aí? – disse ele com voz trêmula.

— Tá, cara, pelo jeito foi você que fez o que tô pensando?

— Foi cara, mas eu não queria. Não tive culpa, ela não quis dar pra mim, porra!

— Muito bem, Nelson! Gostei da desculpa, vamos até lá em cima conversar – chegou falando Roger.

Nelson subiu aquelas escadas e nunca mais foi visto. Logo Jefferson e Nathan lembraram do compromisso que tinham e saíram correndo do casarão. Foram até uma casa por volta das 11h30 e ficaram observando. Passou meia hora e nada, então os dois decidiram olhar pela janela da casa para ver se tinha alguém lá dentro. Não tinha ninguém.

— Puta que pariu! Perdemos eles! E agora? Roger vai nos matar! – gelou Nathan.

— Vamos entrar nessa porra e ver o que tem aí!

— Tá louco? O Roger não autorizou!

— Cara, não tem outro jeito! Vamos voltar e dizer que perdemos eles? Tá louco, né? Vamos ver se achamos algo e então levamos pra ele.

— Vamos então.

Invadiram a casa e começaram a revirar tudo: quartos, salas, banheiro e cozinha. Até que atrás de um quadro encontraram uma chave. Continuaram procurando, pois sabiam que havia um cofre naquela casa, por causa da chave. Destruíram praticamente a casa inteira, inclusive as paredes, com porretes de aço que guardavam no porta-malas do carro. Nada.

— E agora, bicho? Não temos nada! Apenas a porra de uma chave de cofre que estava dentro de um porta retratos! — gritou Jefferson, cansado de procurar.

— Droga! Vamos botar fogo em tudo! Se não achamos o cofre, nem eles, quem sabe o que Roger quer não é destruído junto? Falamos que não fomos nós.

— Verdade! Vamos fazer isso.

Enquanto saiam com o carro, viam pelo retrovisor a casa em chamas. Voltaram para o casarão e ficaram sentados, esperando Roger encontrá-los. Um dos garotos veio até eles:

— O senhor Roger tá chamando vocês.

— Licença, senhor — disse Nathan ao entrar batendo à porta.

— O que é isso que estou vendo na televisão? A casa está em chamas! Foram vocês? — questionou ele calmo, mas com olhar de morte.

— Não, senhor... Chegamos de lá agora mesmo e a casa já estava em chamas, estávamos seguindo os dois.

– Continuem seguindo! Sabem o que quero, e se aquilo se queimou na casa, vou fazer o mesmo com vocês. Sabem onde eles estão? Pois vão até o inferno atrás deles, encontrem o que estou procurando, já! Tenho certeza de que o velho deixou com eles! – olhou com os olhos cheios de sangue e ódio para os dois.

Logo saíram do casarão e voltaram para sua missão.

A Casa Nova

No caminho para São José dos Campos, perto do pedágio de Guararema, Carlos e Renata conversavam sobre os últimos acontecimentos de suas vidas quando tiveram de parar o carro, pois parecia que havia ocorrido um acidente. Aguardaram alguns minutos. Os motoristas desligaram os motores dos carros e caminhões e começaram a sair deles; os dois também resolveram descer do carro para ver o que havia acontecido. Mas o acidente estava longe e, então, resolveram permanecer do lado de fora do veículo.

Enquanto esperavam, começaram a ver pessoas vindo em direção contrária aos veículos enfileirados parados na estrada. Puderam contar cinco pessoas que passaram diante deles e se perderam na fila dos carros e caminhões. O mais estranho foi que todos passaram por eles, olhando-os fixamente, como se os conhecessem ou quisessem algo deles.

Assustados, voltaram para o carro. Poucos minutos depois, a pista foi liberada e puderam seguir viagem. No restante da viagem imperou o silêncio; certamente, estavam pensando naquelas pessoas que haviam olhado para eles e começaram a ligá-las ao acidente. Renata não se conteve:

— Você acha que eram mortos?

— Não sei, mas pelo que o pai disse, apenas um de nós poderia vê-los. E ambos estamos vendo essas pessoas estranhas.

— Eram as pessoas envolvidas no acidente! – afirmou.

— Que acidente? Você viu algum carro ou caminhão? – ponderou Carlos.

Renata ficou quieta e encostou-se ao banco do carro até o final da viagem.

Chegando à cidade de São José dos Campos, Carlos entrou na principal avenida, que também dava acesso ao litoral e ao próximo destino dos dois. A avenida Nelson D'Ávila era grande e bem distribuída, e logo avistaram um mercado, muitas lojas de carros e um posto de gasolina. A primeira impressão da cidade foi boa, os dois gostaram do que viram. Não sabiam onde ficava a casa, então, obviamente, tinham de parar e perguntar. Mas como já era de noite, pois o acidente lhes tomara muito tempo, não havia muitas lojas abertas e pararam em uma padaria.

Ali era um local de encontro de todo o tipo de gente. Localizada embaixo de um prédio, perceberam que este tinha algo em comum com alguns prédios de São Paulo: abrigava pessoas que viviam da noite. Na padaria via-se homossexuais, prostitutas, jovens, bebuns; enfim, um local eclético.

Sentaram-se junto ao balcão e foram atendidos pelo balconista.

– Vão querer o quê? – perguntou grosseiramente.

– Eu quero uma coca. E você, Renata?

– Também quero uma – respondeu ela, meio assustada com o local.

Logo apareceu gente querendo fazer amizade. Duas prostitutas sentaram ao lado de Carlos e começaram a se insinuar para ele; como não tiveram a atenção dele, elas resolveram puxar papo.

– E aí, gatinho, o que vocês procuram? – falou sorrindo uma delas.

– Eu não estou procurando nada – respondeu seco.

– Nós temos de tudo! Sexo, drogas, tudo o que você e sua namorada quiserem – insistiu a prostituta.

— Obrigado! Mas não quero nada mesmo e ela é minha irmã – disse ele se levantando e puxando Renata pelo braço.

— Bicha! – xingou a prostituta ao ver que Carlos não havia se interessado por sua conversa.

Quando chegou ao caixa, Carlos percebeu que todos estavam olhando para os dois, então resolveu perguntar baixinho para o caixa se ele sabia onde era o bairro Urbanova, local da casa que seu pai deixara. Ele foi legal, explicando corretamente o trajeto que deveriam seguir. Mas os olhares atentos das duas prostitutas conseguiram captar o endereço e, com isso, se empolgaram mais ainda ao saber que aqueles dois estavam indo para um bairro nobre da cidade.

— Então gatinho, não é possível que um cara como você não queira companhia nesta noite! – veio atrás a prostituta, falando e pegando em sua barriga.

— Não, obrigado, eu já disse! – respondeu Carlos nervoso e empurrando a prostituta.

— Deixa meu irmão em paz! Não tá vendo que ele não quer nada com vocês duas! – emendou Renata.

Imediatamente, ao ver a confusão, dois sujeitos vieram na direção de Carlos e Renata. Eram grandes e fortes e, provavelmente, estavam junto com a prostituta, pois já chegaram empurrando Carlos.

— Qual é a tua, cara? Tá querendo confusão mexendo com as minhas amigas! – disse um deles já partindo para cima.

— Para com isso! Não queremos briga, não, elas que ficaram em cima dele – interveio Renata, entrando no meio da briga.

— Aí, mina, se quiser apanhar vai levar também! – gritou o outro valentão.

— Esse cara aí fica esnobando a gente, Tomé! E até empurrou a Lia – provocou uma das prostitutas.

— Eu só empurrei porque ela foi me pegando e não estou a fim de confusão, só queria uma informação – explicou Carlos se afastando.

Um deles desferiu um soco no estômago de Carlos, que caiu, e Tomé ficou rindo. Renata se posicionou entre os dois e não deixou que o cara continuasse. Mesmo assim os fortões partiram para cima deles, estavam dispostos a dar uma surra em Carlos e com certeza ainda roubá-los. Ninguém fazia nada quando, de repente, surgiram quatro homens que seguraram os grandalhões e mandaram Carlos e Renata irem embora. Os dois entraram no carro e seguiram.

— Você viu aquilo, que povo era aquele? – indagou Carlos, ainda sentindo um pouco de dor pelo soco que havia recebido.

— Nossa, aquele lugar só tinha gente ruim, ninguém fez nada! Se não fosse por aqueles quatro que apareceram não sei de onde... Mas graças a Deus que apareceram, senão estaríamos perdidos – respondeu Renata assustada.

— Nunca mais entro naquela padaria! Parece um bar perigoso de São Paulo! – indignou-se Carlos.

— Nossa, pelo amor de Deus, já começamos mal! – terminou Renata.

Não demorou muito e estavam diante de um condomínio onde parecia ser o local que procuravam. Como o porteiro não os conhecia, demorou uma meia hora para conseguirem entrar.

Era um condomínio de casas grandes e bonitas, com ruas largas e bem sinalizadas. Logo estacionaram o carro em frente à casa e tomaram um susto, pois a mesma era enorme.

— Nossa, que casa bonita! Deve ter tudo aí dentro — disse Renata.

— Realmente é uma das casas mais bonitas daqui! — admirou-se Carlos.

Assim que entraram, deram de cara com um hall espaçoso e um bar cheio de bebidas. Sala de TV, de música, suítes, piscina e churrasqueira, tudo era muito confortável e bem-disposto. A única coisa que acharam estranho foi o fato de que a casa estava bagunçada, como se tivesse ocorrido uma festa havia poucos dias. Não sabiam se seu pai emprestara o local, já que ele mesmo não gostava de festas.

Como era um sobrado, começaram vasculhando todas as dependências da parte térrea. Mas só encontraram comida, bebida e objetos para diversão e prazer espalhados. Vibradores, chicotes e objetos religiosos se misturavam pelas coisas no chão. Encontraram até sinais de consumo de drogas pela casa, como uma seringa. Ficaram horrorizados, ainda mais por saberem que a casa pertencia a seu pai e não imaginavam ele concordando com tudo aquilo. Com certeza, ele havia emprestado ou alugado a casa, pensaram.

— Temos de chamar uma empresa de limpeza para dar cabo de toda esta bagunça — sugeriu Renata.

— Que coisas são estas? O papai jamais se meteria nisso! — afirmou Carlos.

— Com certeza não! Devia ser usada por outras pessoas e papai nem sabia o que acontecia.

— Maninha, pode ter certeza disso! Só tome cuidado, não mexa em nada sem uma luva!

— Estou com nojo de ficar aqui! Ainda bem que a casa é grande! Espero que os quartos estejam em melhor estado, vamos subir? — disse a bela Renata.

No andar de cima estavam os quartos e uma sala de jogos, uma espécie de carteado. Todos os cômodos eram bem decorados, apesar da bagunça, e os quartos eram ainda mais confortáveis, com TV e DVD. Novamente, sentiram repulsa ao olhar toda aquela bagunça e objetos espalhados pelo chão. Começaram a achar que aquela era uma casa de prostituição e fetiches de alguma seita religiosa, pois em todos os lugares havia objetos de sex shop em meio a objetos religiosos.

– Não vou dormir aqui mesmo! Vamos para um hotel! – bradou Renata.

– Espere! Veja, tem um quarto trancado! – chamou Carlos.

A porta de entrada desse quarto era diferente das outras; feita com uma madeira velha e cheia de adornos, parecia que pesava uma tonelada e possuía uma frase entalhada: *Descanso do Mestre, não entre sem ser convidado, ou sofrerá as consequências!* Logo abaixo da frase, uma cabeça de leão com a boca aberta olhava para eles. A porta não tinha fechadura e não conseguiram nem sequer deslocá-la. Foi quando Renata percebeu que faltava um dos dentes do leão:

– Carlos, olhe, falta um dente no leão! Cadê aquela coisa estranha que o cara nos deu na lanchonete? – perguntou ela rápido.

– Está no carro, vou buscar! – correu ele.

Ao sair da casa, deparou-se com dois sujeitos andando pela rua, olhando fixo para a casa e, agora, para ele. Assustado, esperou que seguissem, e mesmo enquanto andavam, olhavam para Carlos, virando a cabeça para trás. Ele correu até o carro, abriu o porta-luvas e pegou o objeto, que agora sabia para que serviria.

– Tome, Renata, veja se serve – entregou-lhe o objeto, curioso para saber se funcionaria.

Renata colocou o objeto, que agora tinha certeza de que era um dente, na posição e começou a girar. Perfeitamente ele foi rosqueando e fazendo um barulho na porta, e, ao final, um clic foi ouvido e a pesada porta de madeira se abriu.

O cômodo era tudo o que se podia esperar de um quarto de hotel cinco estrelas, com uma cama enorme, no estilo dos aposentos de xeiques árabes. Nem parecia que aquele quarto estava naquela casa, de tão intocável, limpo e cheiroso. Havia uma televisão enorme, DVD, banheiro de mármore, tapetes de dez centímetros de altura, almofadas, quadros, espelhos grandes, um closet enorme, entre outras coisas. Se quisessem, não precisariam nem sair de lá, pois tudo havia ali, até um bar com frigobar, recheado de bebidas e comidas. Era maravilhoso, e eles ficaram espantados com tamanho glamour e ostentação; isso não fazia parte da personalidade de seu pai, era estranho. Entre os lençóis de pura seda, almofadas e travesseiros de pena, estava um bilhete de seu pai:

Filhos, a senha para o cofre é o número da nossa sorte.

– Número da nossa sorte? Que número é esse que eu não sei? – perguntou Carlos meio assustado.

– Espere, estou pensando! – respondeu Renata.

– Droga, estou farto de todo esse mistério! – desabafou ele bravo.

– Já sei! – gritou ela e correu.

Quando correu, Renata percebeu que tinha mais uma coisa que não sabia: onde estava o cofre? Olhou para seu irmão com cara de dúvida, e foi então que Carlos também percebeu que desconheciam a localização do cofre. Aquele quarto era enorme e todo arrumado, teriam de fazer uma enorme bagunça para tentar encontrá-lo.

– Ah, não! Mais esta, temos que achar o cofre! E agora?

– Não disse que estou cansado de tanto mistério? Não sou detetive! – respondeu Carlos.

– Vamos fazer o seguinte: descansar hoje e amanhã a gente procura. Vamos aproveitar que o quarto está todo arrumado para ter uma boa noite de sono. Vou tomar banho – resolveu ela.

– Por mim tudo bem. Já foram muitas surpresas por hoje. Viu, você não vai me dizer qual é o número da sorte?

– Ah, sim! Lembra quando o pai jogava na loteria? – perguntou Renata.

– Claro! Ele sempre dizia: "esse é o nosso número da sorte!".

– Pois então. Só pode ser esse, mas amanhã a gente descobre. Nossa, vou adorar tomar um banho neste banheiro! – disse ela fechando a porta do maravilhoso banheiro.

– Vê se não demora, hein! Você sempre demora! Não quero tomar banho naqueles banheiros podres – falou Carlos sorrindo.

O Culto

A Igreja Esperança Renovada era famosa por possuir em seu quadro de fiéis discípulos muito jovens. Por ter um programa voltado para a recuperação de jovens e promover encontros em quase que todos os dias, atraia muitos fiéis, principalmente, por não ter muitos dogmas, como em outras religiões. Os jovens podiam frequentar os cultos de qualquer maneira, trajes ou situação, o lema da igreja era: "Aceitamos vocês como vocês são!". As leituras eram todas voltadas para uma consciência humana moderna de debates e reuniões. Faziam-se leituras da Bíblia e orações, mas todos ficavam à vontade para encontrar seu Deus interior, assim definiam seus pastores.

Uma igreja moderna que começou em Jambeiro e, aos poucos, foi tomando conta de toda a juventude da região. Tinha como foco as grandes cidades, e a sede agora ficava em São José dos Campos, onde o coordenador principal – assim eram chamados os pastores ou padres da igreja –, Sr. Alaor, era quem controlava tudo. Acima dele, havia apenas o fundador, Sr. Magno, mas este ninguém via.

As fachadas das igrejas possuíam o nome e uma mensagem: "Entre e será bem-vindo". Lá os jovens tinham acompanhamento e todo tipo de apoio para vencerem na vida; mesmo que não tivessem casa, a igreja se encarregava de conseguir uma para aqueles que apresentassem interesse e um futuro promissor.

Muitos jovens da igreja hoje tinham cargos públicos, eram juízes, desembargadores, advogados, políticos, médicos etc. Estavam em todos os ramos que se podia imaginar, como uma rede de pessoas interligadas à igreja.

Todos os coordenadores das igrejas tinham estudo, e todos, sem exceção, faziam cursos no exterior, voltados para a psicologia humana. Aulas de teologia e história também faziam parte do currículo desses coordenadores.

Hoje, sexta-feira, dia 13 do mês de agosto de 2007, era o dia em que se comemorava o nascimento da Igreja Esperança Renovada, fundada havia quatro anos. Diversas visitas em locais de drogados, escolas, presídios e outros eventos marcavam a data por onde a igreja se estendia. Praticamente, a igreja se expandia do Vale do Paraíba a São Paulo, com a inauguração de sua nova filial há poucos meses e com projeção de abertura de vinte filiais por todo o Brasil, nas capitais do país. Por ser uma igreja moderna, já possuía site na internet e central de atendimento telefônico com carteirinha de associado, o que facilitava ainda mais seu crescimento entre a juventude. Choviam e-mails e consultas telefônicas.

Naquele dia, por volta das 18h, o coordenador da sede, Sr. Alaor, estava lendo a apresentação que faria no culto quando a secretária o interrompeu:

– Sr. Alaor, tem dois rapazes querendo falar com o senhor. Disseram que são da filial de São Paulo – informou-lhe.

– OK, pode pedir para eles entrarem.

– Fala, Alaor, tudo bem? – cumprimentou um dos rapazes

– Ah! São vocês! Sejam bem-vindos! O que vieram fazer aqui na cidade? Algum evento especial ou vieram apreciar o nosso culto? Sabem que depois tem festa com os fiéis – sorriu o coordenador.

– Não, não. Viemos atrás de reaver o que aquele cara levou da gente, lembra?

– Ah, sim! Sei. Ele nos enganou por um tempo, não é mesmo?

— Foi isso mesmo. Mas ele já não é mais problema. Temos é que achar o que nos foi tirado, e o pessoal da administração nos colocou no caso. Precisamos de um lugar para ficar.

— Vocês sabem que são bem-vindos! Tome aqui as chaves daquele apartamento. Vocês conhecem o local. Podem ir. Aliás, como estão as coisas por lá?

— Estão ótimas, tirando isso. Estamos inaugurando mais quatro igrejas lá.

— Deus seja louvado! — finalizou Alaor.

Eles se dirigiram ao apartamento, e Alaor continuou com os preparativos para o culto. Enquanto se preparava, Alaor pegou o telefone e pediu a alguém que vigiasse os dois em seu apartamento.

A sede estava cheia naquela noite de comemoração. Muitos jovens e até uma quantidade grande de adultos estavam à espera do grande pastor Alaor e de várias festividades que aconteceriam pela cidade. Até o prefeito iria a uma delas, que seria a inauguração do centro de reabilitação de dependentes químicos, da Igreja Esperança Renovada.

Na frente do enorme local sagrado da sede da igreja já estavam preparados os fogos, as barracas e tudo o mais que se podia esperar de um dia de comemorações. Com o som do órgão, da banda e do coral, o pastor Alaor adentrou o local, seguido de várias crianças segurando cruzes reluzentes, soltando fumaça misturada com incenso e jogando pétalas de rosas pelo caminho.

Não parava de chegar gente naquele dia; principalmente, porque a igreja, por todas as cidades onde possuía filiais, lançara a campanha: "Traga um amigo ou um parente para ter um encontro com Deus, e tenha um encontro com Ele no próximo retiro de jovens e adultos". Mesmo com capacidade para mais de três mil pessoas, o templo central da igreja já abrigava pessoas em pé e do lado de fora quando a banda começou a tocar. As canções eram tocadas bem altas e havia muita dança, parecia um verdadeiro espetáculo o que se realizava nas igrejas. Mas como diziam, era um espetáculo em prol de Deus. Todos dançavam, cantavam, pulavam, e as letras misturavam dizeres que poderiam ser interpretados de várias maneiras, como: "Se está à procura do sucesso e da felicidade, basta estender a mão".

Meia hora depois de muita dança e cantoria, aqueles que puderam se acomodar sentaram até no chão para ouvir o pronunciamento do pastor e de seus ajudantes. O que acontecia era uma interpretação moderna das palavras bíblicas por parte dos dirigentes da igreja, em que mesclavam a situação atual da sociedade e da juventude, afirmando que os tempos eram outros e que agora todos precisavam estar seguros de si nas questões referentes ao sexo e drogas. Enfim, nas questões que outras religiões proibiam, ali apenas se dizia que o caminho que Deus quer para todos é o do sucesso e da felicidade, e para isso bastava seguir os conselhos do pastor. Essa diferença – de não proibir nada e aceitar todos – era o que atraía tantos jovens, já que o perdão estava na consciência de cada um.

Depois de todas as celebrações e de uma hora e meia de culto, começaram as festividades. Em uma contagem regressiva, os fogos foram lançados por todas as filiais da igreja, relembrando o momento do primeiro culto quatro anos atrás. Os jovens se fartaram de comidas e bebidas nas barracas montadas pela igreja, com o intuito de arrecadar fundos para obras sociais.

Muitos adultos também circulavam pelo local e estavam gostando da igreja, pois era moderna, tinha motoqueiros, skatistas, surfistas e todo o tipo de pessoa como membro. O que algumas pessoas não sabiam é que depois daquela festa religiosa, outra estava por vir... Mas essa era só para membros que conheciam a fundo a igreja.

Lucas

Lucas era mais um membro da igreja que mais crescia no Brasil, a Esperança Renovada. Levado pela irmã, ele frequentava a igreja havia um ano e meio. Ela tinha sido tesoureira na sede e agora estava na capital; largara o trabalho e resolveu dedicar toda a sua vida à obra da igreja.

Seus pais foram contra o ingresso dos filhos na igreja, mas a temática e tudo o mais que ser membro da igreja lhes proporcionava foi um atrativo para eles. Viajavam, conheciam outros jovens, namoravam e faziam tudo o que um adolescente que não tinha religião fazia. Mas, no caso deles, a consciência não pesava, pois estavam fazendo tudo dentro da igreja.

Em casa as coisas eram diferentes; estavam se distanciando dos pais, já que não conseguiam levá-los para a igreja e suas opiniões eram divergentes. Começaram a nem comer mais em casa e a se afastar cada vez mais, a ponto de sua irmã sair de casa e se entregar à igreja.

Lucas, atualmente, estava à procura da irmã; depois que ela foi embora, nunca mais a viu e nem teve notícias dela. A visão dele da igreja já não era a mesma e por conta própria fazia uma investigação.

Conversou diversas vezes com o pastor Alaor, para saber o paradeiro de sua irmã, mas este apenas dizia que ela estava fazendo a obra divina e que era difícil um contato com ela. Sem paciência, uma vez Lucas ameaçou o pastor e toda a igreja. Por uma estranha coincidência, na mesma semana Lucas foi atacado por uma gangue e passou uma semana no hospital, para tratar dos ferimentos. Após as visitas dos membros da igreja e do pastor Alaor, que lhe disse que não devia ameaçar a obra de Deus, pois podia ser castigado, Lucas resolveu se acalmar e agir de outra maneira, como se continuasse como membro fiel da igreja, como se tivesse aprendido a lição. Claro que o ataque nunca foi ligado à igreja, mas, para Lucas, era de fato obra deles.

Hoje, Lucas estava presente na comemoração do aniversário da igreja e como tinha arquitetado em seu plano, agiu como uma ovelha que havia voltado ao rebanho. Estava trabalhando na barraca de cachorro-quente e observando tudo à volta. Como sua irmã, não morava mais em casa, mas em um alojamento da igreja que abrigava diversos jovens. Jovens que eram tidos como peças importantes, já que a igreja investia neles, inclusive nos estudos. O plano era simples e eficaz, ter membros da igreja em diversos cargos do poder ajudava a continuar a obra, assim eles definiam.

Antes de sair de casa, Lucas prometeu aos pais que traria a irmã de volta e pediu perdão por não ter seguido seus conselhos, mas que agora sua missão era outra e não podia continuar com eles.

Naquela noite de festa, Lucas notou que a igreja estava crescendo, pois a quantidade de membros novos se multiplicava a cada dia, e ele sabia que alguma mudança estava para acontecer. Tinha acesso a tudo, e o pastor Alaor confiava nele, tanto que ele fora escalado para aquela festa que ia seguir noite adentro.

Com um dinheiro que havia juntado e mais uma ajuda que seus pais lhe deram antes de sair de casa, tinha comprado um equipamento de gravação de áudio e imagens. Ninguém percebia. Gravava tudo o que acontecia; tal qual um repórter ou um espião, ele mantinha isso em segredo e fazia o seu trabalho.

A festa em prol da obra social havia acabado finalmente. Lucas ajudou a arrumar tudo e seguiu para o alojamento, aonde ia se preparar para a outra festa reservada. Quando estava indo, deu de cara com o pastor Alaor, que lhe disse:

– Lucas, não se esqueça de chamar os outros para a festa, certo, meu filho?

– Sim, pastor, eu chamarei.

– Ah! E não se atrasem, o ônibus sairá aqui da igreja à meia-noite.

– Até lá então, pastor.

Lucas foi para o alojamento. Era um prédio no centro da cidade de São José dos Campos, de propriedade da igreja, mas ninguém sabia. Nele moravam estudantes, viajantes, membros da igreja, prostitutas e todo o tipo de pessoa que se podia imaginar.

Por ser uma estrutura muito grande, Lucas tinha um apartamento só para ele, como os outros, era de um quarto e pequeno, mas arrumado. Começou a interfonar para os membros e os convidados da festa, prostitutas e tudo o mais, marcou com eles em frente à igreja à meia-noite, como o pastor havia lhe informado.

Tomou banho, checou todo o equipamento e se dirigiu para a frente do prédio, onde encontrou um grupo e então se dirigiram à igreja. Dois ônibus estavam lá esperando e logo lotaram de gente, partindo para a tal festa.

Lucas filmava e gravava tudo o que acontecia enquanto se misturava com o pessoal, cantando músicas da igreja e recitando versos da Bíblia atualizados para a linguagem que a igreja pregava.

A Festa

"A Igreja Esperança Renovada, que está fazendo sucesso entre os jovens da capital paulistana, comemora aniversário hoje e vamos conversar aqui com o pastor Sérgio", foi assim que anunciou a repórter no noticiário da noite, em São Paulo. O maior canal de televisão do país estava fazendo uma reportagem sobre a festa da igreja em sua filial paulistana, que logo seria a sede, pois quando ficasse totalmente pronta, seria a maior e cobriria um quarteirão inteiro no centro da cidade.

Com muito dinheiro investido, inclusive em candidaturas políticas, a igreja havia conseguido um enorme destaque na capital paulistana e contava com a presença do prefeito em sua festa, graças ao valor aplicado em obras para a construção da igreja e, é claro, ao dinheiro investido nos interesses do prefeito também.

Como nas outras igrejas espalhadas pelo país, na igreja de São Paulo havia barracas em prol da obra social e também haveria uma festa reservada, aonde todos iriam depois. Entre as pessoas que circulavam pelas barracas, estavam Cabelo, a morena Ana, as pessoas que conheceram na balada e todos os outros que estavam naquela festa, na cobertura dos Jardins, onde uma moça tinha sido assassinada.

Ana chegou junto das amigas e disse:

– Olá, Julia, meninas, sinto muito pela amiga de vocês.

– Nós também, mas ela saiu sem a gente... E a cidade é perigosa, ela sabia disso. O enterro foi ontem.

– Fiquei sabendo.

— Eu também — disse Cabelo, entrando no meio da conversa.

— Então, estão prontas para ir para a outra festa, depois desta daqui?

— Claro! Não podemos ficar chorando, né? A vida continua. Foi ótimo conhecer vocês. E o Nelson e os outros?

— Eles tiveram de viajar, mas devem aparecer por lá amanhã.

— Legal, avisei minha mãe que ia viajar. E vocês também, não é, meninas? — perguntou Julia animada.

— Sim — finalizaram as amigas.

— Eh! Ana, Cabelo, vocês têm mais daquela balinha que nos deram na festa? Eu e as meninas estamos querendo muito — pediu Julia.

— Nós não temos aqui, Julia, mas podemos ir comprar. Faz o seguinte, junta o dinheiro das meninas e o seu e vê quanto dá, daí eu e o Cabelo vamos comprar.

Ana e Cabelo se dirigiram para a igreja enquanto as meninas juntavam o dinheiro para comprar mais daquela droga. Mesmo tendo usado apenas uma vez, elas já se sentiam dependentes da química daquele tóxico, que as alucinava e liberava suas mentes para fazerem tudo que não faziam sem ela. No dia em que conheceram os meninos de Roger caçando, perderam uma amiga, mas agora pareciam dominadas e nem se importavam com a morte dela. Apenas queriam diversão e mais droga. Se esse produto chegasse às ruas, nada poderia deter seus vendedores.

Logo Ana e Cabelo voltaram, perguntando se as meninas haviam conseguido o dinheiro para comprar a droga, e é claro que tinham.

Por todos os cantos onde se realizavam as comemorações da igreja Renovada, jovens se reuniam para ir a uma festa misteriosa e estavam loucos para consumir drogas, beber e namorar, pois sabiam que, dentro da filosofia da igreja, todos podiam fazer o que queriam desde que fossem fiéis à igreja. Por volta das 22h30, os ônibus começaram a chegar, prontos para sair à meia-noite. Todos que iriam à festa tinham um ingresso, que foi distribuído pelos membros da igreja. A intenção era levar todo o tipo de pessoa para aquela festa, até moradores de rua. O local da festa, logicamente ninguém sabia, só sabiam que seria um encontro de todas as filiais da Igreja para uma comemoração que duraria o fim de semana inteiro. Uma espécie de retiro, como os que ocorrem em todas as igrejas no Carnaval ou em outras ocasiões especiais.

Os ônibus se dirigiam para o interior, com certeza, e com o tempo o local ficou claro: era Jambeiro, a cidade onde a igreja foi fundada. Conforme iam chegando, os ônibus se enfileiravam para entrar na fazenda enorme, de propriedade da igreja. O local era lindo, tinha um lago, piscinas, campos de esportes, alojamentos e um galpão central com palco e tudo para as apresentações e cultos.

Havia mais ou menos uns cinquenta ônibus que traziam cerca de cinco mil pessoas, sem contar os carros e outros veículos. A fazenda era tão grande que abrigava todo mundo confortavelmente. A programação iria começar logo pela manhã, depois do café, e por isso todos estavam em fila indiana para pegar roupas de cama e se dirigirem aos locais designados. Não era feita distinção entre homem e mulher, apenas as famílias ficavam juntas e os quartos alocavam quatro pessoas. Havia monitores, inspetores e agentes, tudo bem organizado para que nada saísse errado. Certamente, por trás de toda essa estrutura, havia um superior bem inteligente e esperto.

Lucas estava no meio de tudo e era sua primeira vez nesse tipo de festa; já ouvira falar, mas nunca tinha participado. Lembrava que uma vez, antes de ela desaparecer, sua irmã havia participado de um encontro desses e tinha voltado completamente diferente, por isso seu enorme interesse nisso. Enquanto aguardava na fila, observava atentamente quem circulava pelo local: pessoas de todos os cantos, de São José e de diversas cidades, ônibus com placas das mais variadas estavam estacionando no enorme espaço reservado. Tomou um susto quando foi abordado por membros de sua igreja, inclusive pelo pastor Alaor, que foi logo dizendo:

– Lucas, como vai? Viu quanta gente veio prestigiar a festa de nossa igreja?

– Sim, senhor, tem bastante gente. Espero que todos encontrem a Deus – respondeu da boca para fora.

– Continue filho, amanhã será um dia maravilhoso!

– Claro...

Ao deixar Lucas na fila, os outros dois membros da igreja chegaram perto do pastor e perguntaram:

– Senhor, tem certeza de que vai fazer com ele o que fez com a irmã? Acho que ele não tem o perfil!

– Ainda não sei, mas ainda aposto nele. Agora vão ao porão fazer suas refeições, devem estar famintos!

– Oba! – correram eles para o lugar que já conheciam.

Após uma hora e meia, todos estavam acomodados em seus quartos. Lucas também já tinha seu espaço onde organizava tudo, preparando o equipamento às escuras para ninguém perceber nada. Por sorte, dividia o quarto com três jovens da capital que não se importavam com o que ele fazia. Apenas um curioso quis puxar assunto:

– E aí, tudo bem? É a primeira vez que eu venho aqui, parece uma religião muito legal. Vários amigos meus já fazem parte, e como nós recebemos o convite, resolvemos vir. Meu nome é Carlos.

— Meu nome é Lucas, já sou membro há algum tempo, mas é a primeira vez que eu venho.

— Legal, estes são Marcos e Renato, eles estão com sono. Vieram mais pelo esporte, mas espero que eles se convertam — disse baixo e rindo.

— Bem, eu sou suspeito para falar da igreja, mas meu conselho é que não entrem na primeira porta que se abrir, procurem outras alternativas antes de escolher uma porta.

— Por que está falando isso, não gosta da igreja? — questionou o rapaz.

— Não é isso... Bem, tenho que terminar umas coisas aqui.

— Não quero atrapalhar, cara. Mas só uma pergunta, o que está fazendo?

— Eu vou tirar fotos do evento e estou arrumando o equipamento.

— Legal, tira umas fotos minha amanhã, hein! Boa noite.

— Pode deixar, boa noite.

Lucas continuou organizando tudo enquanto as pessoas se preparavam para dormir. Por toda a propriedade as luzes iam se apagando, e todos faziam suas orações, deitavam, liam e se preparavam para o grande fim de semana que viria pela frente. Em outro lugar, ou melhor, nos porões da propriedade, alguns ainda estavam muito acordados, e parecia que prosseguiriam assim por muito tempo.

As Sombras da Noite

Carlos e Renata já tinham tomado banho e estavam acomodados no luxuoso quarto, dormindo profundamente. Como de costume, a televisão ficava ligada enquanto dormiam com as luzes apagadas. A casa toda estava em completo silêncio. Não se escutava nenhum barulho, nem mesmo na vizinhança daquele condomínio localizado em um bairro afastado da cidade, onde havia uma grande concentração de condomínios de casas e muito verde. Vez ou outra, a única coisa que se ouvia era o ronco de Carlos.

Renata, de súbito, acordou ao perceber um vento gélido adentrar o quarto. A luz da lua iluminava parcialmente o quarto enquanto as cortinas bradavam ao vento. Renata levantou e sentiu um arrepio, olhou para o lado e percebeu que Carlos continuava em sono profundo. Levantou-se da cama em direção à janela e pisou em uma poça de água gelada que perfazia um caminho no quarto todo. Percorreu o caminho com os olhos e viu que chegava até a televisão, foi então que percebeu que estava desligada e pensou: "Será que meu irmão a desligou? Quem desligou a televisão? Ela sempre fica ligada a noite inteira! Sempre esquecemos de programar! Será que há alguém aqui? De onde veio essa água?". Caminhou lentamente até a janela, olhou para fora, mas não viu nada. Assustada, fechou a janela e voltou-se para a porta do quarto. Estava entreaberta, mas não tinha água no chão. Com isso, concluiu que se alguém passara por ali ainda estava lá dentro. Então lembrou-se do banheiro e viu que a porta estava aberta. Mesmo com o coração batendo acelerado e com a sensação de que o quarto se mostrava maior do que quando o conhecera, ela foi tentada pelo instinto profundo da curiosidade que a compelia a seguir em frente. À medida que andava a passos curtos, teve a impressão de que o quarto mudava lentamente; o medo que a consumia fazia com que sua mente visse o local como um cenário gótico, meio parecido com um cemitério, talvez de suas lembranças de filmes.

Ao chegar à porta do banheiro, pôs a cabeça e voltou-se para dentro, tentando cobrir todo o local, que também era grande, e começou a tatear a parede para encontrar a luz. Ao acendê-la, caiu para trás, ficou sentada, petrificada, olhando para aquela cena que não acreditava: um homem estava parado em pé, fitando-a com seus olhos claros e pele branca, com respiração profunda, sério, como se a hipnotizasse. Neste momento, conseguia ouvir seu coração, mas não conseguia se mexer. Tentava gritar por seu irmão, mas sua voz não saía. Só conseguia pensar em como aquele homem havia entrado e o que estava fazendo ali parado, olhando-a. Será que ia matá-la? De repente, ele começou a andar em sua direção, sem desviar os olhos de seus olhos. Renata não conseguia se mexer e aguardava a reação dele, que esticou a mão, apontou para ela e disse com uma voz fria e profunda:

— Vocês não deviam estar aqui, não sabem com o que estão lidando! Não vou machucá-los, mas outros irão; portanto, vão embora! Devo esse aviso a seu pai.

Nesse instante, Carlos acordou, levantou rápido da cama ao ver sua irmã ali, caída no chão, e correu para socorrê-la. Renata voltou-se para trás e depois olhou para a entrada do banheiro e, para sua surpresa, o homem não estava lá. Sentiu um vento gélido novamente e olhou para a janela, que estava aberta. Carlos perguntava o que estava acontecendo, mas ela não conseguia falar, só pensava se havia sonhado ou se aquele homem era tão rápido que nem seu irmão conseguiu vê-lo.

Após algum tempo, Renata estava sentada na cama ao lado de Carlos. Mais calma, começou a contar tudo o que havia acontecido. Ele ouvia atento e depois disse:

– Acho que você sonhou com tudo isso, Renata. Ninguém consegue correr tão rápido assim. Quando acordei, já olhei para você, que estava sentada, apavorada, olhando para dentro do banheiro. Seria impossível eu não ter visto.

– Eu sei disso, mas e a janela aberta? Eu tenho certeza do que vi! Vai desconfiar de mim outra vez, depois de todas as coisas estranhas que vimos?

– Está bem, se é verdade, vamos ver se tem água no chão – sugeriu, voltando-se de bruços em cima da cama e olhando para o chão. Para seu espanto, viu água pelo quarto e correu para o banheiro. – Você tem razão! Tem água por todo o lado, fiquei tão assustado com você que não tinha percebido. De onde veio essa água? Deve ter outra explicação! – disse boquiaberto.

– Não falei? Tem coisas muito estranhas acontecendo aqui. Estou com medo, vamos embora e, quando chegarmos, falamos com aquele advogado – respondeu ela assustada.

– Não podemos, temos de pelo menos descobrir o que o pai queria. Como eu disse, talvez você tenha sonhado e aberto a torneira, jogando água pelo chão. Isso acontece quando mudamos de ambiente, é uma reação.

Houve um silêncio no quarto enquanto começava uma chuva fina que contracenava com pequenos raios que iluminavam todo o céu. Os dois não falavam uma palavra e pareciam estar pensando profundamente sobre a situação. Cada raio que iluminava o quarto e exaltava as sombras trazia à lembrança de Renata a face daquele homem estranho que havia pouco tempo estava de pé, parado à sua frente. Carlos estava meio confuso, não conseguia entender o que havia acontecido, estava dividido entre a realidade e a ficção. Teve a iniciativa de falar com a irmã:

– Renata, acho que devemos dormir. Amanhã pela manhã acordaremos melhor e poderemos resolver as coisas com a cabeça fria.

– Você tem razão, mas certifique-se de que tudo está fechado! – respondeu ela concordando, mas com a certeza de que não dormiria naquela noite.

Pela manhã, os dois acordaram e fizeram o que sempre faziam. Carlos tomou banho e saiu para comprar as coisas do café da manhã. Renata se levantou depois e foi ajeitar a casa enquanto o irmão não chegava. Ele trouxe pão, leite, café, manteiga, queijo e presunto. Tomaram café e começaram a arrumar toda a casa. Nenhum deles falava nada sobre o assunto da noite anterior, nem mesmo trocaram uma palavra sobre o cofre, que era o objetivo principal da ida até aquela casa.

Eram quase 15h quando terminaram de limpar tudo e conheceram melhor o ambiente. Estavam exaustos e sentaram para tomar um refrigerante, foi então que Renata quebrou o silêncio sobre os assuntos misteriosos:

– Carlos, precisamos abrir aquele cofre! Quero saber logo o que tem naquela porcaria. Por que o papai deixou esse peso nas nossas costas? – disse meio triste.

– Vamos! Você tem razão. Precisamos resolver logo esse assunto. O papai devia ter seus motivos para ter nos metido nessa. Mas tenho certeza de que se fosse algo que pudesse nos machucar, ele não faria – respondeu o rapaz, mais otimista.

Foram até o quarto para procurar o cofre. Renata se lembrou da ideia que tivera: chamar uma empresa de limpeza para arrumar a casa. Começaram a dar risada, como há muito tempo não faziam, pois já tinham feito todo o trabalho. Então Carlos encontrou o cofre embaixo do colchão da cama, em um compartimento de madeira. Renata logo pegou a senha e abriu-o. Os dois começaram a rir sem parar ao ver as coisas que havia lá dentro, riam de espanto ou talvez por não acreditar naquilo. Dentro do velho cofre encontraram revistas de todos os tipos falando sobre vampiros e literaturas evangélicas. Como era um cofre grande, ainda acharam Bíblias, estacas, alho, crucifixos e recortes de jornais populares sobre casos estranhos envolvendo o assunto. A notícia mais recente, estampada na capa de um desses jornais de pouca credibilidade que se espremidos pinga até sangue, era a seguinte:

"FAMILIA DIZ TER SIDO ATACADA POR VAMPIROS NA CIDADE DE GUARAREMA

Uma família inteira disse que foi atacada na noite de ontem por um grupo de vampiros. As pessoas da casa relataram que ouviram um grito na rua e olharam pela janela quando viram um bando atacando um rapaz. Quando um deles os viu na janela, todos correram, assustados, trancando as portas e as janelas. O grupo tentou invadir a casa, esmurrando portas e janelas com uma força sobre-humana, tanto que a família teve de colocar objetos para trancar as entradas. Todos disseram que a casa parecia tremer com a força dos jovens, que tinham subido até no teto. A polícia foi chamada e quando chegou todos haviam sumido, inclusive o rapaz supostamente atacado. Os policiais relataram que pode ter sido um ataque de animais..."

Ao lado da reportagem estava estampada uma foto da porta de entrada da casa, toda arranhada. Como se tratava de um jornal sem crédito e de uma notícia surreal, os irmãos nunca tinham lido nada parecido. Os dois se entreolharam e continuaram a vasculhar dentro do cofre. Encontraram estranhas armas, rituais, cadeados e um diário contendo várias informações sobre as atividades de seu pai.

— Renata, o que é tudo isso? Não vai me dizer que você acredita! Acho que o papai só pode estar brincando. Essa história de vampiro não existe — disse ele balançando a cabeça, com a mão no rosto e com um sorriso.

— Não sei, mas papai não ia ficar por aí brincando de caçador de vampiros. E se for um bando de loucos que se intitulam vampiros? Sim, claro que não são como aqueles vampiros que conhecemos da ficção, mas pessoas reais que praticam atos de violência contra outras, baseadas nas histórias de vampiros — respondeu ela, como se estivesse desvendado o mistério.

— Pode ser, mas por que o papai teria todas essas coisas, como estacas, alho e cruzes; enfim, coisas das histórias de vampiros?

— Já sei! Como essas pessoas, com certeza, têm algum distúrbio mental, essas coisas devem assustá-los, sabe? Tem efeito psicológico e não real. Pronto, desvendei tudo — terminou ela satisfeita.

— Realmente isso seria perfeito! Mas dê uma olhada neste diário do papai que mais parece um livro — disse o rapaz, surpreso, entregando-o nas mãos da irmã, que começou a ler:

Muitas histórias foram contadas sobre eles, vi muitos filmes e muita lenda. Mas desde que eles a levaram, ela que amo tanto, dediquei minha vida a descobrir a verdade e a caçá-los, como tantos outros fizeram durante toda a humanidade. Estou escrevendo este diário, pois caso eu falhe, pode ser útil para outras pessoas. Deixei meus filhos de lado para me aprofundar em minha busca e espero que me perdoem. Pelo que consegui descobrir, eles existem desde que o homem existe. São aqueles que Deus condenou a vagar pela Terra eternamente. Não tinham direito à morte e tinham de se alimentar de coisas mortas. Foram expulsos do paraíso. No começo, eram apenas cinco e o único mal que podiam fazer à humanidade era despertar-lhe os instintos selvagens. Em um certo momento da história, e não se sabe ao certo como, conseguiram se tornar o que são hoje. Talvez, como os vírus e outras coisas podem nos modificar, ou até mesmo a evolução, a ingestão de sangue tenha criado uma nova espécie que se alimenta de sangue e possui alguns dons que os primeiros não possuíam: força, velocidade e sentidos superiores aos dos humanos; daí as lendas que contam que podem se transformar em animais ou em outras coisas, isso devido aos seus sentidos. Seus dons são mais fortes à noite, por isso é a hora que temos de ter mais cuidado. A transformação ou evolução trouxe consequências: não são totalmente eternos agora, podem ser mortos. Regeneram-se com rapidez, alguns até os membros, mas nunca a cabeça. Esta, se arrancada, é o fim para um vampiro. Como os humanos, têm suas lendas e histórias e uma delas fala em temer terrivelmente a morte, pois terão de enfrentar a ira de Deus. Por isso viveram durante séculos sob a sombra da humanidade, já que eram menos numerosos e seriam facilmente aniquilados. Não sabiam ainda como um humano virava vampiro, pois apenas algumas de suas presas conseguiam se transformar em um deles. A grande maioria morria. Como sempre dizem, toda história, por mais irreal que pareça, tem um fundo de verdade. Então surgiu um vampiro que conseguiu entender como os humanos se transformavam em vampiro e cobiçou dominar a humanidade. Ninguém sabe como ele se transformou, mas descobriu o segredo e transformou mais humanos em vampiros que qualquer outro, para pôr em prática o seu plano. Transformados, ou os novos vampiros o seguiam ou morriam ou fugiam para viverem isolados, uma vez que não é porque viraram vampiros que passaram para o lado do mal; continuam sendo as mesmas pessoas, mas a sede os consome e os transforma em monstros. A praga se espalhou pela Europa e então o intitulado rei dos vampiros ficou conhecido como Conde Drácula. Foi aí que começaram a surgir os caçadores financiados pela igreja, pois se a existência dos vampiros fosse confirmada, a igreja perderia seu poder e ficaria desacreditada. Homens vivendo eternamente? E as palavras bíblicas, onde ficariam? As Cruzadas foram uma desculpa para chamar a atenção enquanto os vampiros eram caçados. Muitos destes começaram a se esconder em caixões nos cemitérios, pois o aspecto de um vampiro é diferente do de um humano; eles não têm vida, carregam dentro de si uma maldição. Geralmente, são gélidos, pálidos, atraentes e muito educados, são bons caçadores e como tais precisam enganar suas presas. Secretamente, os humanos liderados pela igreja venceram uma das maiores ameaças da humanidade de todos os tempos, isso sem ninguém saber. O Conde foi derrotado e morto. Mas a praga prosseguiu e se espalhou pelo mundo, chegando até a América emmeados do século 17. Foi então que a igreja convocou os descendentes daqueles que haviam derrotado os vampiros e passaram a missão de acabar com a praga. Vieram os imigrantes da Europa para aniquilar os vampiros da América e em um desses barcos, veio um de nossos descendentes, por isso temos que continuar...

— Chega! Não quero mais ler isto! Não posso acreditar que existam vampiros ou qualquer outro tipo de coisa. Isso é ridículo! Papai devia estar metido em alguma encrenca das pesadas para inventar tudo isso — interrompeu a menina, nervosa.

— Eu também custo a acreditar, mas o que vamos fazer? Papai nos pediu para continuar seguindo suas pistas, não foi? Vai abandonar tudo? — perguntou o rapaz.

— Não, não vou. Vamos continuar com o plano. Seguir as pistas e ver no que isso vai dar. Mas sem essa história de vampiro — finalizou ela.

— Sim, mas concorda que isso explicaria tudo, não concorda? — tentou convencer Carlos, franzindo a testa.

— Deixa de besteira e vamos continuar vasculhando este cofre.

Logo encontraram fotos de seu pai com pessoas que nunca tinham visto. Em sua maioria, estavam ajudando outras pessoas dentro de igrejas e em comunidades. Tudo datado e registrado, em grande parte em cidades da região de São José dos Campos. Em uma foto, da cidade de Jambeiro, estava escrito: "Comunidade da Igreja Esperança Renovada".

Era a foto de uma igrejinha, em uma comunidade de uma cidadezinha bem interiorana. Seu pai estava abraçado com dois homens, e estavam sorrindo. À medida que as datas das fotos iam aumentando, puderam ver o progresso da comunidade e logo viram uma foto da igreja em São José dos Campos. Outras imagens pareciam mais investigativas, pois foram tiradas de longe e retratavam pessoas estranhas em conversas. Havia até fotos de violência e briga, geralmente de jovens. Então encontraram outra carta de seu pai:

> *Queridos, se não leram o meu diário, é melhor ler. Mas se já leram, podem acreditar: os vampiros existem e atacaram sua mãe. Vocês eram pequenos e estavam com a babá quando fomos jantar fora. Ao sairmos do restaurante, próximo à avenida Paulista, fomos atacados perto do parque Trianon. Não pude fazer nada. Eles sugaram o sangue dela até o fim. Quando se preparavam para me atacar, um carro da polícia os espantou. Fiquei arrasado ali, com o corpo de sua mãe em meus braços... Desse dia em diante, passei a acreditar nas histórias que seu avô me contava e em vampiros e jurei caçar todos esses malditos!*

— Papai disse que mamãe tinha sido morta por bandidos — comentou o rapaz, com lágrimas nos olhos enquanto sua irmã se desmanchava no choro.

> *Foi então que conheci um caçador, que chegou logo depois de sermos atacados, falando que estava atrás daqueles monstros havia tempo. Ele é o advogado que vocês conheceram, era mais jovem, claro. Convenceu-me a não contar nada a ninguém, pois quem acreditaria? Enterrei sua mãe, mentindo para todos. Tornei-me um caçador e logo o substitui, e ele ficou apenas me dando apoio. Criei todo esse mistério porque os vampiros são espertos e eu tenho uma coisa que eles querem muito, mas que por ora tem de*

ficar onde está. Vocês devem seguir para onde estão todos os meus bens, pois encontrarão tudo o que precisam para lutar contra esses monstros. Esta casa eu usava para atraí-los, por isso vão encontrá-la bagunçada. Todas as chaves, documentos e coisas de que vão precisar para ir para nossas propriedades estão dentro deste cofre. Cuidado! Eles podem ser qualquer pessoa, na maioria são jovens e bonitos. Mas terão de se misturar a eles, terão de detê-los, filhos, senão a humanidade estará comprometida!

— Como assim detê-los? Eu nunca nem briguei na vida, como vou enfrentar vampiros? Claro, isso se forem vampiros, se não forem um bando de malucos ou maníacos! — gritou a menina com ar de desespero enquanto seu irmão a puxou pelo braço e disse:

— Renata, e se o papai estiver falando a verdade? E se existirem essas coisas? Caso eles tenham um plano para subjugar a humanidade, talvez sejamos a única esperança! Por ninguém acreditar nisso, como nós, é que eles têm a vantagem. Olha, eu sei que parece loucura, mas quantas histórias malucas nós ouvimos por aí, de pessoas que morreram estranhamente, que tiveram seu sangue drenado e coisa e tal! Tudo cai nas costas das seitas. E se não forem as seitas, e, sim, realmente os vampiros? Lembra-se do chupa-cabra? Talvez seja um vampiro! — finalizou Carlos.

— Eu sei, existem muitas coisas estranhas por aí. Estava aqui pensando no que papai disse e no diário dele. E se aquele cara que esteve aqui na noite passada fosse um vampiro? Isso explicaria tudo, o fato de você não tê-lo visto e o aviso que ele me deu... Papai disse que nem todos são maus — respondeu ela, abaixando a cabeça e concordando.

— Então, tá! Olha, aqui tem um mapa de todos os bens do papai, com localizações e tudo o mais, e instruções de como deveremos agir. Segundo ele, esta cidade está infestada de vampiros e foi daqui que surgiu o plano para conquistar aos poucos a humanidade. Temos que parecer normais e tomar cuidado. Também tem um endereço e entradas para uma festa particular que rola em um casarão aqui na cidade. Papai diz aqui que temos de encontrar um caçador chamado JK, que vai nos colocar a par de tudo e nos ajudar a encontrar o mestre. Este que deve ser derrotado, segundo papai — terminou o garoto, entusiasmado.

— Está bem, vamos então encontrar esse tal de JK. Onde ele mora?

— Aqui diz de um lugar chamado Banhado, mas papai alerta que é uma favela!

— Como vamos fazer então? Como iremos entrar em uma favela?

— Calma, continuo confiando no papai, vamos nos aprontar para ir lá.

Os dois começaram a se arrumar, quando Renata encontrou dois crucifixos lindos, de ouro branco, com um bilhete de seu pai dizendo o quanto os amava e o quanto ia ficar ao lado deles mesmo depois de sua partida. As coisas realmente estavam se encaixando, mas, à medida que descobriam mais, tudo ia ficando cada vez mais perigoso.

JK

Já eram 20h quando eles chegaram à entrada do Banhado. Era uma favela no meio do cartão postal da cidade, em um vale com o mesmo nome. Tinham de descer uma rua para chegar até a favela. À medida que desciam, viam as casas construídas de madeira e ruas de terras, crianças pobres andavam para lá e para cá. Dois moleques se aproximaram e perguntaram:

— Aonde os boyzinhos vão? Estão querendo morrer ou comprar drogas? — ameaçaram, rodeando os irmãos com armas na mão, prontos para acabar com eles. Logo se aproximou um cara mais velho, os moleques abriram caminho e ele disse:

— Tão querendo morrer? Como vêm descendo na minha quebrada assim, sem permissão? Vou matar vocês agora! Devem ser da polícia, pois nunca vi vocês aqui comprando nada. Levem eles! — gritou o bandido.

— Esperem! — gritou Carlos. — Estamos aqui à procura de JK, somos amigos dele! — falou o rapaz já desesperado.

— Ih, fudeu! Putz, meus camaradas, não fala para ele que eu tratei vocês assim, por favor! — falou o cara que, de repente, mudou de expressão enquanto os dois moleques corriam desesperados. — Eu não sabia que eram amigos dele, por favor, prometam que não vão falar, senão já vou me matar, prefiro a morte a encará-lo — finalizou aquele homem com a arma na boca que agora mais parecia um bebê chorão do que o bandido cruel de minutos atrás.

— Calma, moço! Não vamos falar nada, só queremos encontrá-lo. Não precisa se preocupar. Tire essa arma da boca e nos mostre onde ele mora – disse Renata com uma voz calma e tranquila.

– Tudo bem, vocês prometem, né? Sigam nesta rua, a casa dele é a última da direita – finalizou o homem, que saiu correndo dizendo: – Eles estão aqui, estão aqui!

Todos trancaram as portas de seus barracos e se esconderam. Num piscar de olhos, a favela ficou completamente vazia. Continuaram andando pela rua de terra, deserta e mal-iluminada até avistarem a casa bem nos fundos da favela, onde o único acesso, tirando a rua de terra onde estavam, era pela mata. Chegaram a uma casa de tijolos, a única de alvenaria, com uma placa escrita: "Afastem-se os não convidados".

No começo hesitaram, mas depois começaram a gritar: "JK! JK!". Rapidamente, apareceu uma mulher vestida com uma roupa preta toda de couro; tinha o cabelo vermelho e comprido e em sua cintura podia-se ver duas armas. Foi logo dizendo:

– O que vocês querem? Não vendemos droga, procurem o negão! Não viram a placa? Saiam ou sofrerão! Vou contar até dez: um, dez!

Então a mulher foi sacando as armas, quando Renata gritou assustada:

– Somos filhos do Emerson! Por favor, pare!

Da sacada da casa, surge um homem vestido com um sobretudo preto, de cabelo e barba acinzentados e compridos, com olhos azuis, bem forte. Fitou bem os dois e ordenou:

– Alicia! Deixe-os entrar!

A moça então acionou o controle remoto e abriu o portão enquanto olhava fixamente para o homem na sacada. Os dois entraram devagar. O local parecia um quartel-general, com armas espalhadas por todo o lado, fotos e mapas. A casa estava muito bem organizada, pronta para uma guerra. Espadas decoravam as paredes e havia computadores espalhados pelos cantos. Com tanta tecnologia, nem parecia que a casa ficava em uma favela. Descendo as escadas, o homem com seu sobretudo, cabelo e barba acinzentados lhes diz:

– Então chegaram finalmente! Estive esperando este momento desde que perdi o contato com o pai de vocês. Depois soube que ele morreu, sinto falta dele. Se vocês tiverem metade da coragem e da força do seu pai, serão de grande ajuda. Querem beber algo?

– Não – responderam os dois ainda meio assustados, mas Carlos foi logo perguntando:

– Senhor, como conheceu o meu, quer dizer, o nosso pai? – falou com olhos baixos.

– Bem, tivemos algo em comum alguns anos atrás. Algo triste, mas aconteceu conosco. Bem, já devem saber das coisas que estão enfrentando... Pois é... Também devem saber que uma delas levou a mãe de vocês.

– Sim, nosso pai deixou algo escrito sobre isso – interrompeu Renata.

– Pois bem, como dizia... eles também levaram alguém próximo a mim: meu filho. Aqui está ele – mostrou um porta-retratos com a foto dos dois. – Estávamos andando de bicicleta pelo parque da cidade quando vimos um grupo de adolescentes em meio às árvores. Como já estava escurecendo, resolvi passar entre as árvores, onde eles estavam. Maldita hora! – bateu forte com a mão na mesa. – A culpa de meu filho ter morrido foi minha! Eles nos atacaram com aqueles dentes enormes e uma maldita força sobre-humana, o que me impediu de detê-los. A última coisa que vi foram aqueles monstros arrastando o corpo do meu filho para trás de uma árvore e depois o morderam, sugando todo o seu sangue. Até hoje me pergunto por que não me mataram. Fui acordado horas depois por um vigia do parque. Desesperado, procurei meu filho por todos os cantos. Já havia perdido a mãe dele e jurei que nada iria acontecer com o meu filho. Mas aconteceu. A polícia foi chamada e fui detido e investigado, foi quando conheci o pai de vocês. Essa história saiu nos jornais, o Emerson leu e veio até mim contando sua história, a da mãe de vocês. Foi então que começamos a caçá-los juntos, daí ele morreu e agora me vejo na obrigação de fazer a vocês o que ele fez por mim. Isso me deu uma razão para viver.

— Nossa, que história! Parece mais um filme de ficção do que realidade! – exclamou Renata.

— Mas não é ficção, não! Todos nós aqui perdemos alguém para aqueles monstros e queremos vingança! – reclamou a mulher de roupa preta que estava encostada no canto da parede e se dirigiu ao centro da sala, jogando-se no sofá onde estavam os outros.

— Tudo bem, mas vocês têm de entender que está sendo difícil para nós digerir tudo isso. Há uma semana íamos para faculdade imaginando que nosso pai viajava a trabalho e por isso estava sempre fora. Agora sabemos que ele era um caçador de vampiros. Vocês têm de entender que isso não é fácil para nós também – explicou Carlos, gesticulando os braços.

— Nós entendemos e vamos oferecer tudo o que for preciso para vocês ficarem por dentro de tudo o que acontece nesse mundo escuro. Por ninguém acreditar neles é que eles dominam as noites dos jovens. Foi por essa razão que o pai de vocês os afastou do mundo e quis que fossem educados nas melhores e mais rígidas escolas, para que não ficassem próximos das festas e coisas da juventude que é onde eles mais gostam de estar. Bebidas, álcool, drogas, festas e sexo atraem muitos jovens e por isso eles gostam de estar lá. Os jovens são presas fáceis – esclareceu o homem, seriamente.

– Agora entendo toda aquela preocupação do papai conosco... – disse Renata com os olhos cheios de lágrimas, dirigindo-se a seu irmão.

– Eu sempre não entendia e ficava até bravo com o papai todas as vezes em que ele pegava no meu pé. Agora entendo... – concordou Carlos pensativo.

– O único problema com isso é que essa atitude pode ter transformado vocês em fracos! – disse a mulher misteriosa, levantando-se do sofá e indo para a cozinha.

– Não se preocupem com ela. Ela é assim porque eles levaram sua mãe de seus braços. Isso a deixou meio revoltada com a vida, mas é uma excelente guerreira, daria minha vida por ela – explicou JK, olhando para a entrada da cozinha por onde passou a mulher.

– Entendemos tudo isso, mas tenho uma pergunta e acho que esta é a pergunta de minha irmã também. Já sabemos o que aconteceu com a nossa mãe, agora queremos saber o que aconteceu com o nosso pai. Você pode nos dizer? – quis saber Carlos com olhar instigador.

– Olha, seu pai estava investigando uma coisa... uma coisa muito perigosa que está para surgir nas ruas. Os vampiros se organizaram e têm um plano para dominar tudo. Articularam uma estratégia pela qual conseguiram infiltrar seus membros em todas as áreas do país, na política, medicina, direito e até mesmo dentro da religião, com uma igreja – explicou o homem e então continuou: – Seu pai seguiu uma pista dos assassinos da mãe de vocês e chegou até Jambeiro, uma cidadezinha aqui perto...

— Sim, nós vimos isso nas coisas do papai – interrompeu Renata.

— Pois bem – continuou JK –, ele encontrou um covil de vampiros se organizando nessa cidade, liderados por um homem muito inteligente. Os vampiros de que estamos falando não são como os dos filmes; eles podem caminhar de dia, não têm medo de cruzes nem de água benta e fazem tudo o que uma pessoa normal faz. Mas também precisam dos humanos, pois têm de se misturar, e a convivência com humanos, que vão ao médico, ficam doentes, se machucam e tudo mais é importante. Seu pai se tornou um desses humanos. Acabou conquistando a confiança deles e logo entrou no plano, usando como atributo a cobiça por poder e dinheiro. No decorrer do tempo conheci seu pai, como disse há pouco, e então começamos a trabalhar juntos, eu, seu pai e o advogado, dando apoio para ele na retaguarda. Em um determinado momento, a coisa foi ficando grande e então vimos que apenas nós três não conseguiríamos detê-los. Procuramos a polícia, e como devem imaginar, ninguém acreditou. Investigaram por um tempo e não deu em nada. O negócio foi ficando complicado para seu pai, pois, depois que a polícia investigou, eles começaram a desconfiar. E em uma atitude desesperadora, seu pai roubou uma coisa deles e matou um homem, um químico...

— Espere aí! – interrompeu Carlos. – Você quis dizer um vampiro, né?

— Não, ele quis dizer um homem mesmo, pois aqueles que ajudam esses malditos devem morrer também – disse Alicia.

– Sim, Alicia, eu sei disso, mas deixe-me continuar – pediu JK impaciente. – Esse químico fez a fórmula de uma nova droga altamente viciante. Com isso, eles iriam não só conseguir dinheiro como também trazer os jovens viciados e desesperados para seu lado. O plano é genial, viciam jovens, garotos de rua, ricos e pobres. A droga é altamente destrutiva e leva à morte muito rapidamente. À beira da morte, uma pessoa, principalmente um jovem, aceita e faz qualquer coisa para viver, inclusive transformar-se em um monstro e ser eternamente fiel e grato. Depois de jurarem fidelidade, os jovens são treinados e estudam para alcançar os objetivos do grupo. Jovens são o futuro e, nesse caso, o futuro dos vampiros.

– Mas meu pai roubou a fórmula depois que a droga já existia. Não adiantou nada então – disse a garota curiosa.

– Aí que você se engana! O químico também não confiava nos vampiros e não lhes deu a fórmula. Eles produziram e estocaram muita droga sintética, mas o único que sabia como fazer era o químico, que nunca revelou seu segredo, com medo de se tornar inútil e ser morto. Seu pai descobriu onde ele a guardava, roubou-a e o matou para que a produção parasse. Infelizmente, eles tinham muita droga estocada, assim conseguiram continuar com o plano e crescer enquanto caçavam seu pai. A nossa surpresa é que a droga nunca acabou, como sabem, e esta aí nas ruas é o lithium, já devem ter ouvido falar. Então não sabemos se eles descobriram a fórmula, já que ela continua sendo distribuída na rua ou se eles realmente tinham estocado uma grande quantidade, porque nunca pararam de caçar seu pai até pegá-lo. Para piorar, eles se multiplicaram assustadoramente e são muito fortes, por isso é muito importante que sigamos as regras que seu pai deixou, para eles não colocarem as mãos na fórmula. Não somos tantos caçadores assim e temos apenas a ajuda de um policial da capital, o detetive Beto, que é o único que acredita. Então... temos isso! – encerrou o homem misterioso.

Fez-se silêncio na sala. Então Renata foi a primeira a falar:
– Mas JK, o que vamos fazer agora?
– Como disse, temos que seguir as regras do seu pai. Mas por hoje, vamos descansar, amanhã saímos cedo. Tem lençóis limpos no armário, podem se ajeitar onde quiserem.

JK, saiu da sala e subiu as escadas, depois Alicia subiu em seguida. Os irmãos, apavorados com tudo o que estava acontecendo, resolveram subir e se ajeitar em um quarto para ver se pegavam no sono.

Vida Louca

Chove muito na capital de São Paulo enquanto o policial Beto acende um cigarro dentro de seu carro. O barulho do limpador do para-brisa penetra na mente do homem que conduz seu veículo, bem pensativo com os últimos acontecimentos. De cinco anos para cá, sua vida havia mudado drasticamente, e as coisas só pareciam piorar. Estava machucado, pois acabara de entrar em conflito com dois homens que o atrasaram e o fizeram perder a pista de onde seria um evento crucial para suas investigações. Infelizmente, o local de partida já estava vazio.

— Droga! Cheguei tarde e ainda estou ferido! Bom, mas pelo menos peguei aqueles dois! — pensou o policial ao chegar ao local onde seria a partida para o evento: em frente a uma igreja recém-inaugurada que mais parecida um shopping de tão grande. — Só me resta ir ver Lucy — completou, dando meia-volta com o carro.

Dirigindo, ele chegou ao centro de São Paulo e parou seu carro em uma vaga bem na avenida Ipiranga. A garoa costumeira que caía no centro fez com que Beto corresse até o toldo de um bar, onde comprou mais dois maços de cigarros.

Andou mais alguns metros até a avenida São João e avistou a entrada de um prédio onde um segurança enorme guardava a frente. Algumas pessoas estavam diante da entrada, como se estivessem sendo escolhidas para entrar no local. Beto logo se aproximou e o segurança o reconheceu, dizendo:

— Boa noite, chefia! Vai entrando! — sorriu ele e foi abrindo passagem para o policial entrar enquanto os outros olhavam com cara de curiosos, tentando saber quem era tão importante para ser liberado assim.

Entrou no prédio e começou a subir os degraus que estavam cobertos por um tapete vermelho, que combinava com as paredes também vermelhas, com um corrimão dourado que ia até o término da escada.

A sobreloja era uma espécie de *saloon* americano, com bar, mesa de jogos e um palco para shows. Por fora não parecia, mas por dentro o lugar era enorme, com garçonetes servindo bebidas, gente jogando e sentada próxima ao bar. A luz era fraca e havia muita conversa, música e fumaça que exalava dos charutos e cigarros. O lugar não era um puteiro, e, sim, um bar no estilo americano, frequentado até por mulheres. Na verdade, a maioria das pessoas que estava ali parecia pertencer à classe média alta.

Beto se aproximou do bar e logo o barman foi-lhe cumprimentando e servindo uma bebida.

– Como vai, Zé? Tudo bem esta noite? A Lucy está por aí? – perguntou Beto, tomando um gole de sua bebida preferida, um bom uísque dezoito anos.

– Logo ela vai se apresentar. Ela perguntou de você, já que não aparece há duas semanas – sorriu o barman, pegando uma nota que Beto deixou sobre o balcão.

– Estive ocupado, sabe como é meu trabalho, não é dos melhores – respondeu, virando-se para o palco.

O local estava cheio, todos adoravam ouvir Lucy cantando, e ela parecia realmente ser a estrela da festa. Algumas mulheres tentaram flertar com ele; afinal de contas, era louro, com olhos claros, de média estatura e corpo atlético. Era um homem que chamava a atenção, mas, naquele momento, não se importava com nada, apenas queria ver Lucy, como fazia sempre que ia àquele lugar.

Acendeu um cigarro enquanto esperava e olhou em volta: pessoas sorrindo e se divertindo. Contudo, isso não lhe atraía. Sua única diversão era ver Lucy e depois conversar um pouco com ela. Esse era o único momento em que esquecia a caçada, pois podia se sentir como um homem normal, sem ter de mentir para todos, inclusive para seus superiores. Escutava os risos dos colegas quando passava na delegacia; principalmente porque, quando começara sua missão, tentara convencer a todos da existência dos vampiros. Ninguém acreditou e nem podiam, mas sentiam pena dele por tudo o que havia passado e por isso deixavam-no seguir daquele jeito. Beto não causava problemas, e nem os outros causavam para ele, tirando as piadas. Por isso, adorava estar com ela e vê-la cantar, pois no resto do tempo era um homem solitário, desacreditado e com o coração escurecido pelo ódio e pela dor que alimentavam sua vingança.

As luzes começaram a diminuir enquanto ele pedia outro drinque ao barman. Voltou-se para trás novamente. As cortinas vermelhas do palco se abriram, e a bola de luz já iluminava o pedestal e o microfone no centro do palco. Um pianista no centro do bar começou a tocar uma música americana enquanto ela entrava no palco. Lucy era linda. Tinha um olhar frio e penetrante, porém iluminado pelos seus belos olhos brilhantes e azuis como a cor do mar. Seus cabelos longos bem escuros estavam soltos pelo ar; o rosto era de uma boneca e a pele, lisa e branca. Com um corpo estonteante a ponto de deixar qualquer homem babando. Ela, ao ver Beto, logo sorriu e começou a cantar com uma voz que hipnotizava os espectadores, até mesmo as mulheres concordavam com sua beleza, imponência e talento, tudo isso com um toque de um vestido vermelho, longo e decotado na frente e nas costas.

Beto não tirava os olhos dela e ficava paralisado enquanto ela se apresentava. Não gostava muito das roupas que Lucy usava, até lhe dizia que um dia algum maluco poderia atacá-la. Ela sempre lhe respondia que sabia se cuidar muito bem. E com isso ele também concordava, pois sabia seu segredo.

Como sempre, ela fazia seu show descendo até o público, mexendo com um ou outro espectador nas mesas, e, como sempre, as palmas quase não acabavam quando ela parava de cantar. Colocou um sobretudo e foi até o bar. Apesar de aquele lugar ser um lugar fechado e razoavelmente quente, fazia muito frio naquela noite, e ela precisou cobrir seus ombros e pernas.

Beto conseguiu até sorrir ao vê-la se aproximando, coisa que nunca fazia; afinal, era um policial durão e amargo, como os dos filmes de TV. Ela passou as mãos pelo ombro dele, dando a volta pelo seu corpo e foi logo dizendo:

— Como vai, bonitão? Senti sua falta, sabia? — disse ela com aquele sorriso inconfundível.

— Oi, pequena, também estava com saudade de você. Deve ficar com muito frio naquele palco. Tem se alimentado? — perguntou ele sério.

— Não sinto frio, não. A adrenalina me esquenta, e quanto a me alimentar... obrigada pelo que você me mandou, estava muito gostoso. De quem era?

— Sabe que de onde pego não dá para saber de quem era... E eles têm importunado você? Já falei um milhão de vezes para me chamar a qualquer hora se precisar.

— Não, parece que desde a última vez eles deram um tempo para mim. Devem estar ocupados com outras coisas mais importantes que eu. Ainda bem, assim posso aproveitar mais o meu tempo que sobra, em vez de ficar fugindo deles. Não consigo nem parar em um emprego – disse ela sorrindo e olhando nos seus olhos.

– Que bom! Assim fico menos preocupado. Você tem razão, eles fizeram um grande encontro. Mas cheguei tarde e não pude segui-los, dois vagabundos me atrasaram. Tinha de aparecer no último instante, pois eles sabem que os estou seguindo e já tentaram me deter várias vezes. Quanto ao emprego, sabe que pode trabalhar comigo quando quiser – tomou outro gole de sua bebida.

– Adoraria trabalhar ao lado de um policial fortão e bonitão, mas sou do tipo que prefere agir sozinha – sorriu, tomando um gole da sua bebida e encostando o dedo no peito dele.

– Obrigado pelos elogios, mas preciso conversar com você em outro lugar, podemos ir? – pediu ele, abaixando os olhos.

– Não consegue mesmo se desligar de tudo o que aconteceu, não é? Por isso vem aqui para me ver sempre. Sou sua fortaleza, não? A única pessoa com quem você conversa e, ironicamente, é graças a pessoas como eu que sua vida se transformou nisso – disse Lucy, acariciando seu rosto. Ela sabia que tinha razão em tudo o que falava, já conhecia Beto havia algum tempo e o compreendia bem, pois, como ele, também sofria sozinha.

– Você não é como eles; se fosse, eu já a teria eliminado. Vai poder sair ou não? – insistiu em tom áspero.

– Sabe que não nego um pedido seu; afinal, já me ajudou tantas vezes, e sabe que somos apoio um para o outro – virou o copo e dirigiu-se direto ao camarim para se trocar.

Beto pediu outro drinque enquanto a esperava, trocou uma ou outra palavra com o barman e foi para fora. A saída dos funcionários era outra, e ele esperou Lucy com um guarda-chuva.

Todos naquele lugar sabiam que ele era policial e que se encontrava com Lucy, por isso ninguém falava nada. Geralmente, iam para outro bar onde não eram conhecidos e podiam ficar mais à vontade; esse era sempre o programa dos dois. Conheciam um a história do outro intimamente, eram confidentes e não tinham segredos.

Lucy desceu e foram até o carro; no caminho, pediu um cigarro para Beto e acendeu, enquanto um moleque de rua, no cruzamento da São João com a Ipiranga, fumava alguma coisa. Apesar de ser policial, Beto não tinha obrigação de cuidar disso, visto que, em uma cidade como São Paulo, não há homens nem dinheiro suficientes para cuidar de cada problema da metrópole.

Os dois entraram no carro e seguiram para outro lugar onde podiam conversar mais a vontade sem serem importunados.

Café na Madrugada

Os dois se dirigiram para um bar na zona sul da cidade, onde Beto gostava sempre de levar Lucy, quem sabe porque lá ele também levava sua ex-mulher ou por outro motivo qualquer que o deixava feliz por não ter de caçar. Estavam se divertindo e bebendo, contando piadas e até tinham se esquecido dos problemas e das coisas fora dali.

Depois de quase uma hora dentro do bar, quatro homens e uma mulher entraram e encostaram-se ao balcão, pediram umas bebidas e começaram a olhar para a mesa onde os dois estavam. Logo Beto e Lucy perceberam e sabiam que eram pessoas que estavam atrás deles. Poderiam ser vampiros ou empregados da igreja. Tinham certeza de que as coisas iam piorar. Beto passou a mão pela cintura e sentiu seu revólver automático, enquanto as cinco pessoas bebiam e continuavam a encará-los. A situação se tornava cada vez mais tensa.

Os olhos dos cinco indivíduos do outro lado do bar começaram a ficar vermelhos, e eles pareciam crescer de tamanho quando Beto e Lucy notaram que eram vampiros e que suas chances estavam ficando pequenas. Então levantaram e dirigiram-se para a saída, pois sabiam que em campo aberto poderiam se dar melhor. Os cinco também se movimentaram e começaram a cercá-los; um deles parou bem em frente à porta:

— Aonde vocês vão tão cedo? Deixem a gente pagar uma bebida! — disse ele com uma voz forte e apertando os punhos.

Beto rapidamente pegou o braço de Lucy, que também estava se transformando, e a levou em direção ao bar enquanto os vampiros se reagrupavam perto deles, chegando bem perto do balcão. Para surpresa de todos, Beto sacou sua arma e disparou diretamente na testa da vampira que estava a seu lado, e os vampiros partiram para cima deles. Dois pularam diretamente em cima de Lucy, que já estava transformada e demonstrava força sobre-humana; porém, eram dois contra um, e foi então que ela jogou um deles por cima do balcão e chutou diretamente o peito do outro, correndo para a saída. Beto havia disparado mais dois tiros e acertado um dos vampiros que continuava de pé, indo para cima dele, que se escondeu atrás de uma mesa virada. As pessoas começaram a correr em direção à saída do bar, e Beto aproveitou para pegar umas garrafas de pinga que estavam atrás dele em uma estante e jogou no chão, quebrando-as e espalhando a bebida pelo lugar. Em seguida, pegou seu isqueiro e ateou fogo no bar, o que deixou todos atordoados, inclusive os vampiros. Então saiu correndo, agarrou novamente o braço de Lucy e foram para a rua.

Da entrada do bar, avistaram o carro e foram até ele sem olhar para trás. De repente, um dos vampiros estava em cima do capô. Beto logo disparou sua arma contra ele enquanto Lucy entrava no carro. Beto entrou também e avistaram os vampiros em pé, pelo retrovisor, inclusive o que ele havia atirado havia poucos segundos.

– Você está bem? – perguntou Beto.

– Sim, estou. E você? – respondeu ela.

– Apenas uns arranhões e uma queimadura, mas de resto estou ótimo.

– Já disse que para o seu trabalho você deveria ser como eu.

– Não, você deveria trabalhar comigo, isso sim. Vamos para minha casa, lá você estará segura, eles ainda não sabem onde moro.

Beto ligou o motor do carro e saiu em disparada pelas ruas da cidade. Conhecia bem os becos e os caminhos para se despistar alguém. Entrou em uma rua aqui, outra ali, encostou o carro em baixo de um viaduto, parou em um estacionamento e quando sentiu que estava tranquilo, pegou o caminho de casa.

Como todo bom investigador de polícia, Beto tinha seus meios de proteger seu apartamento no centro da cidade. Primeiro, colocava uma fita transparente na porta, pois caso alguém a abrisse, ele saberia. Entrou, desligou os alarmes e olhou pela janela. Quando percebeu que estava tudo tranquilo, deixou Lucy entrar. Logo foi pegando algumas coisas e colocando na sala para ele se acomodar, pois o apartamento tinha apenas um quarto.

– Lucy, vou ficar na sala, e você fica com o quarto.

– Tudo bem, por mim sem problemas. Vou tomar um banho antes.

Enquanto o barulho do chuveiro corria, Beto chegou perto da janela e olhou para a rua, sentindo uma sensação de tristeza e solidão. No fundo do seu coração começou a bater a saudade dos velhos tempos em que a casa estava sempre cheia e de quando ele chegava do trabalho e ouvia o barulho do chuveiro, tirava a roupa e corria para o banho com sua esposa. Tudo era limpo e arrumado, ele tinha planos e sua vida era colorida... Hoje, nem com a família ele mantinha contato. A casa era escura e desarrumada, cheia de fotos e papéis espalhados, tudo levava à tragédia e a sua caçada sem-fim. Hoje, Beto está preso ao passado e a algo que perdeu, e vive obcecado por isso. Olhando pela janela, vê um garoto com um papel na mão, comemorando algo que conseguiu, e pensa: "Quando eu conseguir o que quero, a minha vingança, o que vou fazer? Acho que então poderei descansar e encontrar Samanta".

A porta do banheiro se abre e a bela Lucy sai em meio a fumaça do chuveiro, vestida com uma camisa dele que a deixou ainda mais sexy. Beto a olha e sabe que a deseja, mas não pode fazer nada; afinal, são apenas bons amigos. Um já salvou o outro algumas vezes, e nunca rolou nada. Lucy olha para Beto e diz:

– Quem será que eram aqueles?

– Devem ter me seguido do confronto que tive mais cedo. Acho que você não vai poder voltar para o seu trabalho.

– É uma pena, gostava de lá – responde ela fazendo um nó na ponta da camisa e deixando ainda mais as pernas à mostra.

– Você pode ficar aqui até arrumar outro emprego.

Ela olha em seus olhos, como se o provocando a segui-la até o quarto e então solta no ar, com sua voz suave:

– Boa noite, gatão!

– Boa noite, Lucy, durma bem – respondeu ele, olhando para o sofá duro e velho.

Os Porões

A propriedade era imensa e antiga, parecia um castelo medieval cercado de outras pequenas propriedades. Foi onde tudo começou e é onde são comemorados, todos os anos, os aniversários da igreja. Dizem que o líder da igreja vive nesse local, controlando tudo. O lugar é cheio de funcionários, com uma infraestrutura admirável. Ali são plantados, produzidos e fabricados diversos produtos que são enviados para todas as igrejas e os centros de caridade mantidos pelo grupo. Além do que, estava à vista de todos, havia locais secretos inacessíveis e muitos deles ficavam abaixo do solo.

Lucas se esquivava pelos cantos, para deixar o alojamento e chegar até a entrada do porão. Ele já tinha ido lá outras vezes, mas nunca tão fundo. Sabia onde era a entrada, mas nunca a ultrapassara. Agora que já não acreditava mais na igreja, poderia quebrar as regras que seguiu durante o tempo que foi membro fiel.

Na porta da entrada havia dois homens caracterizados com trajes religiosos ao estilo daquela igreja. Eles conversavam e riam, estavam distraídos enquanto Lucas observava detrás de uma árvore, esperando o melhor momento para aproveitar e furar o bloqueio. Alguns jovens caminhavam pelo local, e os dois foram orientá-los para voltarem a seus alojamentos. Essa foi a oportunidade certa para Lucas entrar.

Uma escada apertada e íngreme levava aos porões daquela propriedade. Tudo era muito escuro e iluminado apenas por tochas nas paredes, como nos filmes de aventura. Ao fundo,

Lucas começou a ouvir murmúrios, conversas e sons ecoando pelo túnel. Pensou que estava perto, mas quando terminou de descer as escadas se surpreendeu com a quantidade de túneis que viu naqueles porões. Só do final da escada avistou seis caminhos diferentes que podia seguir. As paredes estavam cobertas de desenhos e figuras que pareciam contar a história de alguma civilização. Rapidamente, tirou sua câmera e começou a fotografar o local. Tomando muito cuidado, resolveu seguir o barulho. Sabia que se cometesse um erro, poderia ser pego ou ficaria preso naqueles corredores por muito tempo.

Começou a andar, esgueirando-se pelos corredores, seguindo o som que vinha dos túneis e tentando achar o local onde a reunião secreta estava acontecendo. Acreditava que se encontrasse a sala secreta, poderia descobrir os segredos da igreja e quem sabe encontraria sua irmã. Talvez ela estivesse ali mesmo e, finalmente, sua busca iria terminar. Sonhou que poderia convencê-la a sair dali, a voltar para casa dos seus pais e retomar a vida. Afinal, todos os principais integrantes da igreja estavam ali e sua irmã poderia estar também. E acreditava que os laços de sangue fossem mais fortes.

Após seguir o som por alguns minutos, finalmente, chegou à sala de reunião e o que viu foi uma coisa inacreditável: um salão tão grande que poderia acomodar milhares de pessoas. Era tão gigantesco que parecia um vale. Lucas estava acima das pessoas, que pareciam pequenas, tamanha a altura em que se encontrava. No fundo estava o altar, e avistou o homem que, com certeza, era o líder de toda aquela organização. Pela primeira vez via Magno.

O salão era realmente imenso, esculpido nas pedras e nas estruturas da propriedade. E como em tudo ao redor, havia desenhos que contavam alguma história. De repente, a ficha de Lucas caiu, a história que estava sendo contada nas paredes daquele lugar não era a de um povo desconhecido, e, sim, daquelas pessoas que estavam ali e de seus ancestrais. O nome Magno estava nas paredes e parecia que tinha sido escrito havia séculos. Lucas começou a juntar as peças e concluiu que aquelas pessoas estavam tentando mudar a sociedade havia muito tempo e estavam a ponto de realizar o maior de seus planos e sonhos.

Foi então que percebeu que o sangue era mais forte que tudo mesmo. Mas não o dos laços familiares. Viu as pessoas no salão atacarem as outras, mordendo seus pescoços e sugando o sangue. Ficou estarrecido e assustado, e pensou em sua irmã. Será que ela tinha tido o mesmo destino? A matança se tornou generalizada; o horror e os gritos das pessoas que estavam sendo atacadas o assustava ainda mais. Apoiou a mão com a câmera por cima do parapeito para filmar o salão, pois não conseguia olhar aquilo diretamente; estava apavorado e gélido, não conseguia nem se mexer. Depois de uns quinze minutos, os gritos diminuíram até cessarem por completo. Todos estavam mortos, como nas figuras desenhadas nas paredes, da mesma maneira, mordidos no pescoço. Que tipo de animais eram aquelas pessoas, não sabia. Só queria sair dali o mais rápido possível, mas estava petrificado. Uma hora havia se passado, e, então, o líder daqueles doidos começou a falar:

– Irmãos, estamos entrando em uma nova Era. Nunca na história de nosso povo estivemos tão perto de conquistar aquilo que nos foi prometido. Seremos o topo da cadeia alimentar finalmente! Graças à degradação que os próprios humanos fazem a si mesmos, nós nos multiplicamos. Álcool, drogas e todo o tipo de coisa que eles inventaram para fugir de suas vidas estão sendo nossa porta de entrada. Nunca estivemos tão perto de conseguir o poder! Sendo o mais velho, posso dizer a vocês que eu estava lá em todas as vezes que tentamos. Mas os humanos eram mais unidos, mais fortes, tinham seus ideais e, apesar de não terem nossos poderes, eram em maior número e determinados a sobreviver. Não se vendiam facilmente! Mas, hoje, com a sociedade deles em decadência, seus valores morais quase extintos, os homens tornaram-se fáceis de ser dominados e comprados, perderam a determinação e é por isso que estamos diante de nossa maior chance de vencer! Chegou a hora de trazermos à vida mais irmãos para lutarem ao nosso lado! Vamos fazer o ritual que representa nosso amor a nossos novos irmãos! Deixem seus irmãos beberem seu sangue e compartilhem as suas vidas com eles!

Lucas se levantou e viu uma cena que o chocou para o resto de sua vida! Aquilo não podia ser real, era conto de fadas, filme de ficção, história para criança dormir... Eles eram vampiros! Não podia ser, isso era inacreditável, estava diante de um ritual para transformar humanos em vampiros! Aquelas pessoas eram vampiros e aquela igreja era uma fachada, tudo estava se encaixando. Por mais incrível que possa parecer, finalmente ele entendeu tudo e agora estava louco para contar ao mundo. Enquanto se recobrava do que acabara de presenciar, viu as pessoas que estavam no chão começando a ter convulsões. De repente, ficaram imóveis, como se estivessem mortas. Então o líder começou a falar novamente:

– Queridos irmãos, como todos aqui sabem, nossos negócios vêm crescendo e nos ajudando a conquistar cada vez mais jovens neste mundo. A droga que inventamos atrai cada vez mais pessoas para o vício e nos ajuda a controlá-las e a atrair mais e mais jovens para o nosso lado. Com isso, em alguns anos, teremos o futuro deste país em nossas mãos. Infelizmente, quando começamos esse plano há quatro anos, aliei-me a um traidor que roubou nossa fórmula; agora, nosso estoque está se esgotando e precisamos dela para continuar a produção. Ele está morto, mas sei que seus filhos sabem onde ela está, e estamos no encalço deles até termos de novo a fórmula em nossas mãos. Essa é a única coisa que está atrasando nossa investida total na sociedade. Meus irmãos, peço a paciência de todos, pois até o final deste mês teremos nossa produção a todo vapor novamente e poderemos infiltrar mais droga na sociedade, atraindo os jovens e usando a igreja para lavar o dinheiro. Nosso plano é infalível, irmãos, apenas temos de ter paciência. E agora vamos desfrutar de todos os prazeres que a vida e a carne podem nos proporcionar!

Então foram servidos no salão bebidas, cigarros e todas as coisas que podiam existir para satisfazer àquelas pessoas. Começaram também a tirar as roupas. Havia homens e mulheres por todo o salão, umas três mil pessoas fazendo a maior orgia que se podia imaginar que existisse na Terra. Por um momento, Lucas se recordou das orgias de Roma que aprendera na escola e imaginou que talvez Nero também fosse um vampiro. Todos saciavam seus desejos não se importando com os corpos que estavam espalhados pelo chão. Era horrível! Lucas se lembrava de algumas pessoas que estavam lá e ficou pasmo. Sem dúvida, foi a cena mais surreal que já tinha visto e jamais imaginara passar por uma coisa daquelas. Um arrepio percorreu-lhe a espinha, como se todo o mal do mundo estivesse diante dele; parecia que estava próximo das portas do inferno. Todos os limites que conhecia estavam sendo ultrapassados ali por aquelas criaturas.

Sentiu como se sua alma ficasse negra; era como se ali fosse mesmo a entrada para o inferno, e aquelas pessoas, os cavaleiros do demônio. Sentiu que a presença de Deus não existia mais e foi uma sensação terrível. Levantou-se e correu.

Não conseguia parar de pensar em sua irmã e no que faria se a encontrasse. Estava apavorado e, ao mesmo tempo, descrente, pensava: "Meus Deus! Aquelas pessoas, mães, pais, filhos e irmãos, já os tinha visto na igreja falando em nome de Deus e, agora, estavam, profanando seus corpos, matando e fazendo horrores. Eram vampiros!". Foi então que decidiu que no dia seguinte iria embora e contaria ao mundo tudo o que vira e filmara. Mas, naquela noite, a única coisa que conseguia fazer era chorar, pois nunca tinha sentido seu coração e sua alma tão negros quanto naquele lugar.

A Fuga

Depois de presenciar as cenas mais horrendas de sua vida, Lucas voltou-se para procurar a saída daquele lugar; como estava meio confuso com tudo o que tinha visto, ficou nervoso e não conseguiu achá-la. Começou a olhar para os desenhos nas paredes e se lembrou das cenas que vira; sentiu um mal súbito, como se as paredes se fechassem a seu redor. Estava tão sufocado com a situação que começou a correr por todo o lado. Tinha a sensação de que os desenhos gritavam com ele, pareciam até que se mexiam. Por sorte, chegou até as escadas e viu de longe os seguranças na saída do local. Pensou rápido e chamou-os por um corredor enquanto dava a volta por outro para sair. Então correu para o alojamento.

Os dois homens começaram a procurar o intruso, que nem percebera que havia deixado cair um de seus equipamentos de gravação e filmagem. Assim os seguranças souberam quem tinha profanado o santuário: Lucas.

Ele chegou até o alojamento e se escondeu, mas não conseguiu dormir. A noite foi longa e escura, cheia de questionamentos e assombrações. Pensava se sua irmã teria se transformado em uma daquelas coisas... Não estava acreditando que existiam vampiros, talvez ele estivesse delirando ou tivesse sonhado, mas não, olhava repetidamente para sua câmera digital e toda vez via a mesma coisa: fotos deles bebendo sangue e fazendo orgias. Estava decidido: ia revelar tudo ao mundo!

Durante a noite sentiu um arrepio, parecia que o estavam vigiando naquela madrugada. Mas será que alguém o havia visto?

Ele não deixara rastros, tinha feito tudo certo, tirado as fotos e filmado; tudo bem que ficara nervoso na hora de ir embora, mas ninguém o vira. A sensação ruim não passava e foi então que resolveu checar os equipamentos. Tomou um susto: estava faltando um! Será que tinha deixado cair nos porões ou no caminho até o alojamento? A sensação de que estava sendo observado aumentou e tomou outro susto quando viu uma cortina tremular ao vento em uma janela no canto do quarto. Olhou ao redor e todos estavam dormindo profundamente em suas camas, mas parecia que uma névoa envolvia tudo.

Virou-se para a direção da janela e sentiu que alguma coisa o chamava. Eram só alguns passos até lá e começou a andar, passo por passo, com os olhos arregalados e fixos na cortina ao vento que parecia uma mão chamando por ele. Chegou, estava posicionado em frente à janela. Bastava apenas olhar para fora para descobrir o que estava sentindo e foi então que teve uma sensação que lhe arrepiou a espinha. Lá embaixo, de pé, havia vários deles, todos olhando para ele com seus olhos vermelhos, pele branca e roupas pretas. Sabiam que Lucas estava ali. Eram muitos, e o que o surpreendeu foi que algumas das pessoas que ele pensava que haviam morrido se encontravam ali embaixo também. Só que estavam diferentes. Agora eram iguais a eles. Logo teve a certeza de que eram vampiros e de que ele estava perdido. Voltou-se para a entrada do quarto do alojamento e lá estava, parado, o pastor Alaor, que disse com certa raiva:

— Você me desapontou profundamente, Lucas! Não aprendeu mesmo a lição, mesmo depois do que tentamos lhe ensinar tempos atrás. Estava quase indicando você para se tornar um de nós. Ainda bem que não o fiz, agora ira arcar com as consequências! – proferiu ele, com seus olhos vermelhos, voz meio rouca e dentes afiados.

– O que é tudo isso? Isso não é uma igreja, é o inferno! Quem são vocês e de onde vieram? Pensei que fossem só histórias de terror! – exclamou ele assustado.

– Nós somos a evolução humana, somos superiores em tudo e temos o dom de dar a verdadeira vida a sua raça, que por séculos nos negou e nos caçou. Nunca entendemos por que negaram que fossem iguais a nós – disse ele, caminhando pelo quarto.

– Será porque vocês representam tudo o que uma raça inteligente não quer ser? Vocês matam, fazem orgias e não têm escrúpulos! O que foi aquilo lá embaixo? Uma coisa horrível! E ainda usam o nome de Deus para atrair suas vítimas! – desabafou em tom de raiva.

– Você tem razão, nós vivemos para satisfazer nossos desejos, diferentemente de vocês que se prendem aos conceitos de seu Deus. Fazemos tudo o que desejamos e, para isso, claro, precisamos nos alimentar. E devo confessar que muitos de vocês não resistem ao processo de renascimento e é por isso que temos de separar bem aqueles que serão nossos alimentos daqueles que serão nossos irmãos. E a igreja nos proporciona diversas maneiras de fazer isso – disse ele, mostrando os dentes.

– O que vocês fazem com as pessoas que não sobrevivem, jogam fora? – perguntou Lucas aterrorizado.

– Devolvemos a Deus. Não iremos dar um fim em você agora, pois você está na lista que veio para o retiro, diferentemente dos que levamos para baixo, e isso pode complicar. Mas será vigiado o tempo todo e, quando voltarmos para São José, acertaremos as contas com você – e Alaor sumiu na fumaça. Estranhamente, ninguém no quarto acordou, parecia um sonho.

Morrendo de medo, Lucas voltou-se para a janela e lá estavam eles, parados, ainda olhando para o alojamento. Ele olhou para todos os lados e percebeu que não tinha para onde fugir. O único jeito era esperar pela manhã e resolver o que fazer; tinha certa vantagem, já que sabia que o pegariam apenas em São José. O único problema é que agora não iria dormir.

Seguidos

Eram altas horas da noite quando na favela começou um corre-corre. Todos avistaram uma morena vestida com peças de couro preto, atirando em várias direções e gritando: "Morram, malditos!". Era Alicia, que estava em cima da casa de JK, empunhando uma arma de calibre doze, de cano curto. Logo JK apareceu no telhado e ficou ao lado dela, olhando com um binóculo militar de visão noturna para a mata que há em torno da favela enquanto muitas pessoas corriam para a rua asfaltada fora da comunidade. Observando a tudo do quintal da casa estavam Carlos e Renata, que começaram a gritar, ainda com cara de sono:

– O que está acontecendo? – gritaram desesperados para os dois que estavam em cima do telhado.

– Entrem! Ponham suas roupas e peguem suas coisas agora! – respondeu JK, pedindo urgência.

Voltaram correndo para dentro da casa e começaram a se arrumar para sair. Logo viram JK e Alicia descendo pelas escadas e correndo para a grande garagem nos fundos da casa. Os irmãos os seguiram e viram o lugar onde JK construía suas armas e guardava suas coisas. Coberto por uma capa estava o carro que Alicia rapidamente começava a tirar, revelando o velho Maverick preto de JK, todo equipado. No porta-malas havia muitas armas e todo o tipo de apetrecho que se pode imaginar para enfrentar vampiros. Rapidamente, todos entraram no carro, e JK saiu guiando enquanto olhava sua casa pelo retrovisor. De repente, para surpresa de todos – ainda mais de

Carlos e Renata que olharam assustados para trás gritando: "O que é isso!". A casa explodiu em chamas, jogando uma fumaça negra para o alto.

— O que está acontecendo? – indagou desesperada Renata.

— Eu tive de destruir a minha casa, onde morei por anos! Vocês estavam sendo seguidos! – explicou ele com ar de raiva.

— Não perceberam nada desde que seu pai morreu? – continuou Alicia.

— Não, estávamos até então sozinhos, a não ser pelas pessoas que falamos para vocês – respondeu Carlos.

— Não parecem vampiros, e, sim, pessoas ligadas ao velho advogado e a seu pai que queriam proteger vocês e a fórmula, até chegarem a mim – disse JK.

— Tínhamos a impressão de que sempre estávamos sendo vigiados, mas isso nunca se confirmou, a não ser pelo rapaz que apareceu à noite em meu quarto – contou Renata.

— Se ele fosse um deles, já a teria matado, pois teria certeza de onde está a fórmula e não precisaria mais de você – disse JK, já com o carro correndo pelas ruas da cidade.

— Se esse que apareceu no quarto da minha irmã não era um deles, então quem era? – indagou Carlos.

— Deve ser um vampiro "bonzinho" – disse Alicia, sorrindo.

— Vampiro bonzinho, como assim? E por que o sarcasmo? – perguntou surpresa Renata.

— Ela falou assim porque não acredita em vampiros bonzinhos. Mas alguns transformados não se tornam monstros e vivem à margem dos dois mundos, sendo caçados tanto por nós quanto por eles; alimentam-se de animais e por meio de pequenos furtos em hospitais e bancos de sangue. E, por incrível que pareça, muitos combatem os próprios vampiros – explicou JK.

— Mas a qualquer hora podem se tornar monstros! – interrompeu brava Alicia.

— Se estão do nosso lado, por que vocês os caçam? – indagou Carlos, olhando para o motorista e a passageira da frente.

— Como Alicia disse, a qualquer hora podem virar monstros, como ela e a mãe viram acontecer – finalizou JK, olhando para trás e já pegando a Dutra em direção ao Rio de Janeiro.

— Eu me apaixonei pelo maldito que levou minha mãe e no dia que encontrá-lo, vou matá-lo! – disse a garota com ódio no olhar. – Vamos ao que interessa – continuou ela –, um dos caras que vi era jovem, tinha uns 19 anos no máximo, branco e de cabelos claros, e estava olhando para a nossa casa de cima, na rua. Quando olhei ao redor, havia vários, inclusive na mata, cercando a casa. Não tive outra escolha senão atirar e causar uma confusão, foi a única maneira que encontrei de despistá-los.

— Depois tive de incendiar a casa, pois não podia deixar pistas – disse grosso JK.

— Isso nós entendemos, o que não entendemos é por que eles estão atrás de nós? – perguntou ao vazio Renata.

— Eles mataram seu pai e, com certeza, puseram gente atrás de vocês, para achar a fórmula – disse firme JK.

— Malditos! – xingou Carlos, já com o espírito de ódio, enquanto Alicia olhava com ar de sorriso para JK, que dirigia em direção ao Rio de Janeiro.

Pela manhã, quando o carro parou, apenas JK estava acordado. Ele havia dirigido por umas duas horas até uma estrada de terra vicinal que saia da rodovia Osvaldo Cruz e dava para um morro com vista para a rodovia. Saiu do carro, pegou o binóculo e começou a vigiar. Com o sol batendo no carro, os outros acordaram e saíram, chegando perto de JK.

– Onde estamos? – foi logo dizendo Alicia, pegando também um binóculo.

– Estamos em um local onde temos uma visão privilegiada; se eles nos seguiram, vamos vê-los e ter um pouco de vantagem. Mas duvido muito que deem as caras agora, já que amanheceu e durante o dia eles são tão humanos quanto nós, quer dizer, tirando a imortalidade, que só se extingue se suas cabeças forem cortadas. Vou preparar a barraca para dormir e sugiro que vocês dois façam o mesmo. Alicia, seja a primeira a vigiar. Vamos dormir durante o dia que será mais seguro daqui para frente e é a hora em que a maioria deles dorme também – ordenou JK.

– Está bem. Vamos dormir, Renata! – seguiu para a barraca Carlos, como se fosse um recruta. Renata não gostou muito e olhou para a cara de Alicia, que estava mais uma vez com um sorriso sarcástico.

– Não fale mais assim comigo, eu sei o que devo fazer e você não é meu pai – reclamou ela para seu irmão, querendo mostrar força, pois estava com o orgulho ferido.

– Eu só queria seguir as ordens – respondeu o rapaz.

– Nós não estamos no Exército e acabamos de conhecer essas pessoas – retrucou a menina, puxando o rapaz de canto.

– Se o papai confiava neles, eu também confio – disse baixinho, olhando para ela.

– Acho que o papai não confiava em ninguém, senão já teria nos contato sobre tudo isso – finalizou a garota, enquanto deixava o rapaz pensativo.

Durante o dia, todos se revezaram na vigilância do local, sem nenhum imprevisto. Quando acordou, JK pegou o carro e foi comprar comida, depois fizeram um piquenique em cima do morro enquanto o sol ia embora e a noite chegava. Logo que deram 19h, JK reuniu todos e pegaram a estrada novamente; dirigiam-se para o litoral, pela Osvaldo Cruz, quando JK avistou um posto de gasolina e resolveu parar para abastecer.

– Vou comprar alguma coisa na loja de conveniência – avisou Renata para todos, saindo do carro.

– Vou também – seguiu atrás dela Alicia.

JK ficou abastecendo o carro, e Carlos ficou apreciando a vista noturna da estrada. De dentro da loja, Renata viu um homem se aproximando, a pé, do frentista. Sem mais nem menos, ele atacou o frentista como um animal, parecia um lobo pegando sua presa. O homem pulou em cima do outro e começou a mordê-lo sem parar, fazendo com que o sangue do frentista jorrasse no ar enquanto todos ouviam seus gritos de dor. O posto localizava-se no meio da estrada, um local vulnerável para ataques e foi o que aconteceu. Por todos os lados, os funcionários do posto eram atacados enquanto mais homens e mulheres chegavam. Havia ao menos uns dez atacando. Logo todos perceberam que eram os vampiros que os tinham seguido e foi então que Renata viu seu irmão vindo em direção à loja enquanto a funcionária no caixa ficava catatônica ao ver toda aquela cena:

– Renata, saia daí! Estamos sendo atacados! – gritou desesperadamente Carlos, tentando proteger a irmã.

Renata estava indo ao encontro do irmão, mas foi contida por Alicia, que a puxou pelo braço e jogou as duas para trás de uma prateleira enquanto sacava das costas sua arma e se posicionava para enfrentar as criaturas. Renata viu Carlos ser atacado por dois deles e cair no chão. A menina ficou desesperada, gritando dentro da loja, tentando sair:

– Carlos, não! Deixe-me sair, ele é meu irmão! – lutava a menina para se soltar de Alicia.

– Você quer morrer? Fique quieta! Seu irmão vai ter de se virar sozinho! Abaixe-se! – ordenou ela, começando a atirar em direção aos vampiros. Um foi atingido e caiu. Dois se posicionaram atrás da bomba, atirando para dentro da loja.

Do lado de fora, JK já havia aberto o porta-malas, pego suas armas e estava indo em direção a Carlos, atirando. Ele acertou os dois, que caíram do lado de Carlos. Este já estava sem força devido à luta com os vampiros, e JK deu-lhe cobertura para ele entrar na loja. Depois, correu até seu carro enquanto os vampiros também atiravam em sua direção.

– Carlos, você está bem? – foi logo perguntando Renata ao ver o irmão exausto entrar na loja.

– Estou bem, eles não conseguiram me morder, só estou exausto! São muito fortes! – finalizou ele, dando um abraço na irmã. Enquanto se abraçavam e Alicia atirava para fora da loja, o carro de JK adentrou o local, destruindo tudo o que tinha pela frente e jogando o corpo de mais um vampiro para longe:

– Vamos, entrem no carro! Temos de sair daqui agora! – gritou o homem.

Todos entraram, inclusive a moça da loja de conveniências que ainda parecia paralisada e precisou da ajuda de Alicia. JK saiu em disparada e jogou um pano no qual ateara fogo em uma poça de gasolina, de uma bomba que ele tinha jogado no chão. Em alguns segundos o fogo se alastrou e explodiu o posto. O carro de JK ainda foi chamuscado na traseira enquanto eles tomavam distância da explosão. Todos estavam assustados e surpresos.

– Como eles nos seguiram? – indagou Renata.

– Eles têm mais truques do que você pensa. Não deixaram que a gente os visse de dia e esperaram o momento certo para nos atacar. Sorte que eu estava preparado – respondeu JK.

— Meu Deus, mas são monstros! Eles atacavam os homens como se fossem animais sedentos de sangue e seus dentes eram enormes! – desembestou Renata.

— Eles são monstros! Precisam de sangue e carne para sobreviver e é por isso que temos de eliminá-los da face da Terra, senão seremos seu gado – disse Alicia, recarregando sua arma.

— Mas eles não podem morrer com tiros, não é mesmo? – perguntou Renata.

— Não. Mas podemos deixar seus corpos debilitados devido aos ferimentos, fazendo com que a regeneração não seja tão rápida, para daí podermos cortar-lhes a cabeça – explicou JK enquanto dirigia pelas curvas da estrada.

— Então quer dizer que a explosão não os matou? – continuou a menina.

— Espero que alguns deles, sim. O fogo em grande quantidade pode destruir seus corpos e matá-los, pois a regeneração não terá condições de refazer seus tecidos; portanto, alguns deles morreram, sim. Mas aqueles que correram, mesmo queimados, vão se regenerar, por isso a importância das armas. Podemos feri-los e depois matá-los de algumas maneiras – disse JK.

— Do que vocês estão falando? Meu Deus! Ahhhh! – gritou a moça da loja de conveniência que havia caído na real e foi contida por Alicia que estava no banco de trás.

— Calma aí, menina, calma, calma – começou a dizer mansamente Alicia, colocando um pano cheio de clorofórmio no rosto da menina, que adormeceu.

— Espero que tenham morrido todos! – falou pela primeira vez Carlos, ao olhar embaixo da sua blusa, na região da barriga, sem que ninguém visse a mordida que havia levado.

Todos se calaram e aceitaram o destino que JK os levava. Sem parar e dirigindo velozmente, JK chegou rápido à cidade de Ubatuba, onde, com a ajuda de Alicia, deixou a funcionária do posto na porta de um hospital, desmaiada. Foram para uma praia e montaram acampamento. Todos muito acordados e em silêncio vigiavam cada movimento na praia, movidos a muito café que JK havia comprado em uma padaria.

Enquanto isso, dois vampiros que os estavam seguindo desde a morte de seus pai, ou melhor, tentavam – Jefferson e Nathan –, conversavam, olhando para o fogo que consumia o posto.

– Eles não vão muito longe, estão indo para a praia para dar a volta e ir até o evento. O velho deve saber onde fica a fazenda. Temos de impedi-los, senão estamos fritos – alertou Jefferson, com seu olhar de vampiro e suas presas afiadas.

– Vamos ver quem sobreviveu e depois segui-los – disse Nathan, já vendo uns quatro vampiros saírem das chamas caminhando.

– Só têm vocês vivos? – perguntou Jefferson.

– Sim, senhor, os outros estão mortos – afirmou um deles.

– Certo, então nós vamos ter de detê-los custe o que custar! O senhor Roger não vai mais mandar ninguém – terminou o vampiro, dirigindo-se a seu carro que estava a poucos metros do posto.

A Perda

Logo pela manhã, JK organizou para que dormissem durante o dia como tinha feito no dia anterior, só que desta vez foi o primeiro a montar guarda. Carlos foi o primeiro a dormir, enquanto Alicia e Renata se deitaram pensativas. JK assegurava o sono de todos, dando voltas pela praia e mergulhando vez ou outra. Os três se ajeitaram no carro, mas o sol era muito forte, e Alicia, por volta das 10h30, levantou-se e foi a um quiosque comer alguma coisa. De longe viu JK saindo da água e não escondeu o desejo que tinha por ele; mesmo sendo um homem mais velho, ela se sentia atraída por ele, mas nunca lhe havia revelado. JK se aproximou e disse:

– Vou me secar, depois entrar no carro e dormir um pouco.

– Tudo bem, eu monto guarda agora – disse Alicia.

Ele se estendeu na areia, e ela continuou no quiosque. Uma hora depois, vendo que JK ainda cochilava na areia, aproximou-se e o acordou, falando para ele ir para o carro. Como já estava seco, não perdeu tempo e foi logo indo. Ao entrar, acordou Renata, que se levantou e foi ao encontro de Alicia. JK olhou para o banco de trás e viu Carlos em um sono profundo. Sabia que algo estava errado com o rapaz. Logo abaixo da camisa, perto da cintura, havia uma mancha de sangue; então JK, cuidadosamente, levantou a camisa do garoto e teve a triste certeza de que ele havia sido mordido e agora estava com o veneno em suas veias. Agora, Carlos só teria duas chances e escolhas: tomar o sangue de um vampiro para tentar se tornar um deles ou esperar o veneno matá-lo. Sem o sangue não sobreviveria, pois o sangue é a defesa que altera o DNA humano para transformá-lo em um morto-vivo. E tornando-se um vampiro, teria de ser morto. Mesmo sabendo disso, JK se virou e dormiu.

No quiosque na praia, Alicia conversava com Renata, que estranhamente se mostrava curiosa sobre o filho de JK levado pelos vampiros:

— Como era o filho de JK? — perguntou ela.

— Tinha uma foto dele lá na casa, você não viu? Foi levado muito novo — respondeu a garota, que mesmo na praia, embaixo de um calor de 30°C, insistia em manter sua aparência gótica usando preto.

— Não vi, mas JK teve a certeza de que ele foi morto?

— Não, e isso o machuca por dentro até hoje. No caso de sua esposa ele sabe o que aconteceu, ela foi realmente morta. Mas no caso do filho, nunca soube o que aconteceu.

Renata olhou para o outro quiosque e, de relance, viu um rapaz que parecia o rapaz que havia invadido sua casa, olhando para ela. Quando voltou seus olhos novamente, ele não estava mais lá, e foi então que pensou alto:

— Acho que sei o que aconteceu — disse ela baixinho.

— O que você disse, Renata? — perguntou Alicia.

— Nada não, nada não...

A morena de preto ficou desconfiada, mas deixou passar, convidando Renata para entrar na água. Ela foi logo aceitando, pois o calor era quase insuportável.

O tempo correu enquanto as garotas passavam um dia maravilhoso na praia, tanto que nem perceberam quando JK chegou à beirada da água e gritou:

— Vamos, meninas! Precisamos levantar acampamento!

Ao se aproximarem de JK, as duas, quase ao mesmo tempo, foram perguntando:

— Carlos ainda está dormindo?

— Sim, está, deve ter se cansado muito com tudo aquilo. Mas vou pedir para ele dirigir, já que foi o que mais descansou — respondeu o homem, virando as costas para elas.

Pouco tempo depois, elas estavam secas e prontas para ir embora. Renata entrou no carro e, com carinho, foi acordando o irmão, que se assustou e ficou desorientado:

— Quanto tempo eu dormi? — indagou ele, suando frio.

— Dormiu o dia inteiro e nem sei como, com esse calor — respondeu Renata.

— Estou com frio...

— Meu Deus, você está gelado e suando! Deve estar doente, vou chamar os outros.

Renata saiu, e Carlos ficou no carro. Mesmo tendo acabado de acordar, sentia-se exausto e com dor, principalmente na região da mordia, que já estava bem infeccionada quando ele levantou a camisa para olhar e disse: "Droga!", sozinho no carro.

Renata viu de longe JK e Alicia conversando. Chegou logo, contando sobre o irmão, e eles a fitaram com olhares estranhos.

— OK! Vamos ver o que está acontecendo com ele — disse JK.

JK levou uma garrafa de água e deu ao garoto que estava dentro do carro, doente e desconfiado de que alguém percebesse o que estava acontecendo com ele. Tomou a água e se encostou nos ombros da irmã, que já estava a seu lado. Então, JK e Alicia assumiram seu posto para continuar a viagem.

— Para onde estamos indo agora? — perguntou Renata. — Temos que levar meu irmão para um hospital, ele não está nada bem.

— Não podemos. Se os vampiros estiverem atrás de nós, podem pegá-lo facilmente no hospital. Aonde vamos há um médico que pode dar uma olhada nele – respondeu Alicia. – Estamos indo agora para Jambeiro.

— Essa cidade é onde meu pai deixou uma igreja para nós, não é mesmo, Carlos?

— Sim – respondeu o rapaz quase sem voz.

Seguiram viagem para Jambeiro, seguindo por Caraguatatuba, subindo a estrada dos Tamoios. Logo atrás vinha outro carro seguindo o Maverick de JK, que estava mais preocupado com os vampiros e por isso não percebeu o Gol cinza guiado por um solitário jovem que também estava interessado naqueles quatro.

A viagem foi tranquila, sem nenhum inconveniente. JK nem mesmo percebeu o rapaz do golzinho. Ele conhecia bem o caminho e chegou ao destino com facilidade.

— Chegamos ao nosso destino. Vamos rápido, vocês dois têm que entrar aí e achar alguma pista que seu pai deixou para vocês. Não temos muito tempo! – ordenou rápido JK.

— Mas onde estamos? E meu irmão? Ele não está nada bem!

— Vocês têm que ir logo, pois o tempo é curto. Lá dentro vão encontrar um quadro com a foto de sua família. Atrás do quadro vão achar instruções sobre o local exato para vocês colocarem os dedos anulares, o que abrirá um compartimento escondido – explicou Alicia.

Com o irmão cambaleando, Renata entrou na casa, que agora era propriedade deles, pois essa era a que seu pai tinha deixado para eles no interior, na cidade de Paraibuna. Os dois entraram e foram direto até o quadro. Carlos não percebeu, mas Renata ficou alguns segundos observando o belo quadro no qual estava estampado as fotos da família. Viu sua mãe e seu pai. "Como aqueles tempos eram felizes!", pensou ela. Carlos deu um grito de dor, olhou para Renata e foi logo dizendo:

— Vamos, eu não sei quanto tempo posso aguentar!

Ela olhou para ele e notou que seus olhos estavam vermelhos como o sangue e que a expressão facial já não era a mesma; ela percebia que estava perdendo o irmão. Rapidamente, deixou-o no chão e tirou o quadro da parede. Lá encontrou um mapa da casa, apontando o caminho para onde deviam seguir. Renata tentou levantar Carlos, mas não conseguiu. Ouviu tiros vindos do lado de fora e começou a entrar em desespero. Sem perceber, o mesmo jovem que havia invadido sua casa estava a seu lado, ajudando seu irmão a se levantar.

— Vamos! – disse ele. – Eu ajudo vocês!

Mesmo com medo, ela não hesitou, e foram os dois carregando Carlos, cada um de um lado, subindo as escadas até o sótão, onde deveria seguir o procedimento de seu pai.

— Quem é você? Por que está nos ajudando?

— Como vocês dois, não entrei nessa porque quis, mas agora eu quero acabar com tudo isso!

Renata não comentou, mas tinha certeza de que aquele era o filho de JK, eram muito parecidos. Subiram até o sótão enquanto Carlos gemia em seus braços. Estava escuro, mas acharam uma luz que, ao acender, revelou estátuas dela e de seu irmão, lado a lado, em cima de uma mesa muito bonita. Havia um orifício, bem onde deveria estar o coração, era ali que eles tinham de colocar os dedos. Com a ajuda do rapaz, Carlos colocou o dedo e Renata fez o mesmo logo em seguida. No mesmo instante, um compartimento se abriu nas estátuas e deles caíram duas peças que formavam uma chave.

– Vamos, não temos tempo! Se eles pegarem seu irmão, ele nunca mais será o mesmo. Preciso levá-lo para longe dos vampiros!

Correram depressa para a porta da saída e encontraram JK e Alicia trocando tiros com os vampiros. Dentre eles, alguns que já os haviam seguido até aquele posto.

– Pegaram? Temos que entrar no carro e sumir daqui! Quem é você? – perguntou JK, surpreso com a nova companhia dos dois irmãos.

– Estou aqui para ajudar. Vão embora que eu os atraso!

– Não vamos conseguir carregar Carlos! – gritou Alicia em meio aos tiros.

– Não vou deixá-lo para trás! Tome aqui a chave e sigam sozinhos – respondeu Renata.

– Você tem que ir junto! Não tá vendo que esse aí é um vampiro? Eles cuidam uns dos outros. Nós temos que ir, seu irmão não tem mais jeito! – disse nervoso JK.

– Não! – gritou a menina.

– Renata, você precisa ir com eles! Eu cuido do seu irmão – disse o rapaz misterioso.

– Mas não posso deixá-lo...

– Você confia em mim?

– Não sei por que, mas sim.

– Então vá, agora!

Os três seguiram para dentro do carro, enquanto o rapaz misterioso começou a brigar com os vampiros do lado de fora. JK abriu a porta, todos entraram e então partiram em disparada. Jefferson e seu bando imediatamente invadiram a casa. Renata, de dentro do carro, ouviu gritos e tiros e começou a chorar.

A Dupla Perfeita

Lucy acordou e sentiu o cheirinho do café da manhã fresco, foi até a cozinha e viu Beto preparando o desjejum da manhã. Ele era um homem mais velho, mas muito bonito e tinha um corpo de jovem. Lucy olhou por alguns momentos para aquele homem e imaginou que podia viver ao lado dele para o resto de sua vida, ou melhor da dele, que seria feliz. O problema é que ela sabia quem era ela e quem ele era, e jamais aquela união poderia dar certo.

– Bom dia, gatão!
– Bom dia, Lucy, quer pão na chapa?
– Claro, adoro pão na chapa!

Os dois tomaram o café da manhã e foram se arrumar para sair. Eram por volta das 10h do sábado, e eles precisavam conseguir pistas para saber onde estava sendo realizado o encontro da igreja.

– Beto, preciso beber um pouco...
– Tem na geladeira, pode pegar.

A garota foi até a cozinha e pegou uma bolsa de sangue que estava na gaveta da geladeira. Usou seus caninos para abrir dois buracos e sugou todo aquele néctar que dava vida a seu corpo. Cada vez que ingeria aquela bebida, mais bonita ela ficava. Quando voltou à sala, estava deslumbrante e radiante. Beto a olhou e quase não se segurou de vontade de agarrá-la.

Tomaram o café em silêncio e ao terminar, Beto disse:
– Vamos?

Os dois saíram pelas ruas da cidade atrás dos fornecedores de drogas. Foram até o centro, na Cracolândia, e começaram a investigar. Beto, da janela do carro, avistou uma turma de noias – como são chamados os viciados –, parou o carro e desceu enquanto Lucy olhava pela janela:

– E aí, molecada, o que tão procurando?

– Tamo a fim de umas pedras e de lithium. Você tem? – respondeu um deles se levantando quase desesperado.

– Tô procurando quem vende lithium, se vocês me disserem, posso arrumar um pouco depois que eu comprar. Eu e minha gata tamo a fim de dar uma viajada... – Pode crer, coroa, mas as ruas tão vazias de lithium. Os caras que vendiam sumiram este fim de semana e mesmo antes eles vendiam pouco para cada um.

– E não tem ninguém vendendo no pedaço?

– Tem um, mas ele não atende a gente e nem vai atender você. Tem cara de coxinha! Mas aí, arruma um troco aí? – disse um deles, indo para cima de Beto.

–Vem pegar – respondeu ele, percebendo que a situação iria ficar feia.

Logo um dos noias veio para cima dele, que com um golpe o jogou no chão. O outro tentou acertar um soco, mas ele se esquivou e deu outro. Enquanto isso, Lucy saia do carro e sentava no capô, admirando a cena de briga. Beto logo deixou os cinco no chão e agarrou fortemente um pelo pescoço e começou a fazer perguntas:

– Me fala onde encontro esse cara ou te quebro inteiro!

– Hahahaha! Me quebra então, tio, que eles me levam para o hospital e lá tomo uns negocinhos.

Lucy se aproximou e falou:

– Deixa comigo.

Pegou o rapaz e encostou atrás do carro. Com seus olhos vermelhos e dentes saltando da boca ameaçou o garoto, que na mesma hora lhe disse onde encontrar o fornecedor de lithium. O viciado saiu correndo, gritando:

– Sujou! Sujou! Ela é um deles!

Como o tumulto foi em pleno centro, logo chegou uma viatura que Beto deu conta de conversar, dizendo que estava em uma investigação. Em seguida, foram até o prédio onde o noia havia dito. Um prédio velho que ficava na avenida Rio Branco. Entraram sem nenhuma preocupação e subiram até o apartamento. Bateram na porta e nada. Bateram mais uma vez e nada. Beto poderia facilmente pedir para Lucy abrir a porta, mas seus poderes são fracos de dia e ter-se transformado já lhe consumira muito esforço. Ele arrombou com um chute então.

Foram entrando, e o silêncio imperava. Um apartamento velho, sujo e escuro, fedendo a morte e coisa podre fez com que os dois tapassem as narinas. Seringas, garrafas de bebidas, roupas, copos, pratos e um monte de lixo espalhados ao redor. As paredes estavam manchadas de sangue, e em alguns cantos havia pedaços de corpos humanos. Lucy logo disse baixinho:

– Ele deve ser um desovador.

Beto meneou com a cabeça, concordando, e foi até o quarto. O animal que era dono daquele apartamento ainda estava dormindo, e Beto não hesitou: deu-lhe um tiro de alerta na mão para acordar.

– Maldito! Maldito! – gritou o homem, olhando com olhos vermelhos para Beto, que chegou perto da cama e pisou com a bota no ferimento à bala.

– Onde estão os da sua espécie?

– Maldito, vai demorar um tempo para este ferimento curar! Argh!

– Vou pisar mais forte.

– Desgraçado, eles estão em um encontro! O que vocês querem? E você, por que anda com um humano, sua cadela!

Beto deu uma coronhada na cabeça dele e continuou:

– Não fale assim com ela ou atiro no seu pênis e vamos ver quanto tempo demora para voltar ao normal.

– Está bem! Está bem! Vou colaborar.

Beto amarrou a aberraçãona cama e se afastou, acendeu um cigarro e disse:

– Sou todo ouvidos.

– Eu sou só um desovador, cara, a escória dos vampiros – começou a falar, olhando para Beto e cuspindo ódio.

– Não consegui ser transformado totalmente, mas não sirvo para nada, nem para caçar. Então eles nos colocam nestes prédios e nos mandam os cadáveres daqueles que não se transformam. A gente se alimenta do que dá e desova o resto. Somos fracos, não temos nem coragem de matar. Em troca, viciamos as pessoas com as suas drogas e mandamos para eles. Assim, todos os dias nascem mais vampiros, desovadores e cadáveres pela máquina das drogas. Hahahahaha!

– Isso eu já sei, quero saber como chegamos até eles! Onde eles estão se encontrando neste fim de semana?

– Eles? Devem estar usando a igreja para transformar mais humanos em vampiros. Hihihi. Sabe o que é engraçado? Eu vendo a droga para um viciado, e, muitas vezes, ele volta para mim, e eu o devoro e fico doidão, porque a droga ainda está no seu corpo. Não é hilário? Hahahahaha.

– Seu demônio!

Antes de Beto se aproximar, cinco vampiros invadiram o apartamento. Rapidamente, um deles pulou sobre Lucy e cortou a cabeça do devorador amarrado, e todos partiram para cima de Beto e Lucy, desferindo um golpe no policial, o qual desmaiou.

***

– O que houve? – acordou Beto já lá pelas 17h30 em um beco da cidade. Olhou para os lados e viu Lucy também caída a poucos metros.
– Lucy? Lucy? Você está bem?
– Estou. Onde estamos?
– Ainda estamos no centro, mas ficamos desacordados por algumas horas. Deixe-me ver se não a feriram.
– Não, estou bem.
– Ótimo – Beto virou a cabeça e com ódio dentro de seu coração, começou a xingar: – Por que não me matam? Desgraçados! Sempre que estou perto, vocês aparecem e não me matam! Por quê? Malditos!
– Calma, bonitão! Eles não podem nos matar, e essa é nossa vantagem. Você sabe que não matam porque você é o único policial atrás deles e me desculpe, eles sabem que ninguém acredita em você. Se eles o matarem, as coisas podem piorar, por isso eles eliminam os outros.
– Você tem razão, sou uma marionete na mão desses malditos, não te machucaram?
– Não.
– Venha, vamos tomar um drinque e pensar no que fazer.
Foram até uma padaria de esquina que tinha uma TV ligada no noticiário. Foi então que Beto teve a melhor das notícias de

sua vida. A reportagem falava de uma série de incidentes envolvendo coisas estranhas:

"Já são, ao todo, três explosões no vale do Paraíba. A polícia acredita que uma pessoa ou um grupo esteja indo de carro pelas cidades da região, explodindo imóveis. Em São José dos Campos, foi uma casa no centro em uma favela. Na rodovia dos Tamoios, um posto de gasolina. E, há pouco, uma casa na cidade de Paraibuna. As explosões começaram ontem e, pela rota, a próxima cidade pode ser Jambeiro. Apesar de não crer que sejam atentados, a polícia acredita que ele ou eles devam estar sob efeito de algum tipo de droga, pois muitos moradores disseram ter visto demônios atirando em meio ao fogo. Uma senhora chegou a afirmar que eram vampiros."

– Temos que ir para Jambeiro o mais rápido possível!
– OK, vamos – respondeu Lucy meio ressabiada.

O Encontro

Beto e Lucy seguiram para o interior paulista atrás de pistas sobre o paradeiro da reunião da igreja após terem visto a reportagem no jornal. Beto, porém, percebera que Lucy estava meio quieta e triste e começou a conversa enquanto tocavam pela Dutra:

– O que você tem? Não está gostando que estejamos atrás deles? Não é isso que você quer? Vingança?

– Sim, eu desejo isso há muito tempo, mas é que vamos passar pela minha cidade natal e nunca mais vi meu irmão e meus pais...

– Entendo... Como você, eles tiraram tudo de mim. Acho que por isso ficamos tão próximos.

– É... Sabe, eu tinha uma vida boa, estudava e ainda me dava superbem com a minha família. Daí uma pessoa me levou para essa nova igreja. Comecei a frequentá-la e gostei do programa deles. Fui me envolvendo mais e mais, levei até meu irmão. Depois de algum tempo, fui convidada para ir para São Paulo para ajudar no ministério da igreja e conquistar novos fiéis. Estava cega, deixei tudo para trás e segui. Quando cheguei a São Paulo, fui colocada em uma casa nos Jardins, junto com um monte de jovens, que, como eu, eram inocentes. Em uma noite, vários vampiros invadiram a casa e fizeram horrores conosco. Fui estuprada, injetaram drogas em mim e me sugaram. Fiquei à beira da morte. Muitos outros jovens morreram também. Foi então que os pastores apareceram e cuidaram da gente. Depois nos contaram que dali para frente não seríamos mais as mesmas pessoas que éramos, pois agora éramos vampiros. Dá para acreditar, você dorme e acorda vampiro? Um dos pastores nos acompanhou e disse que a igreja sabia da existência dos vampiros desde a idade média e que seus membros sempre eram atacados. Assim, cuidava daqueles que ficassem para trás para que fossem soldados de Deus nesta batalha. Então nos doutrinaram e nos ensinaram tudo. Fiz muita coisa para eles na intenção de atrair mais jovens para a igreja. Certo dia, quando fui entregar o dinheiro que tinha arrecadado em um culto, vi o maldito que havia feito aquelas atrocidades conosco naquele dia, conversando com os pastores. Daí percebi que tudo era armação e fugi. Eles foram atrás de mim e mais uma vez quase me mataram, e foi então que você apareceu e me salvou. Por que me salvou se eu era uma vampira?

— Porque, naquele momento, meu coração estava aflito e me apaixonei por você.

— Sério... Sabe que nunca te agradeci, né? Obrigado!

— Não se preocupe, nós conseguiremos a nossa vingança.

Os dois continuaram conversando enquanto seguiam pela estrada. Por volta de 1h, o celular de Beto tocou.

— Alô? Beto! Sou eu, preciso de sua ajuda!

— Onde você está?

— Estava com os garotos, mas um deles já era. Vamos buscar a fórmula!

— Por que não me chamou antes? Estou no encalço para saber onde é a reunião da igreja!

— Deixe isso para lá, agora me ajude que o levo até eles. Eu sei onde é!

— Ok, onde você está? Estou indo para aí!

– Ótimo, estou na Tamoios, próximo a Paraibuna. Vou achar um lugar seguro e volto a ligar.

Beto e Lucy seguiram o caminho que não saía muito do percurso que eles iam mesmo; afinal, estavam indo para Paraibuna.

Quando o carro passou por dentro da cidade de São José dos Campos, Lucy contou:

– Aqui que eu morava. Vim algumas vezes neste posto – olhou ela triste pela janela do carro.

– Não se preocupe. Você vai voltar a frequentar esse posto, de um jeito ou de outro, eu prometo – apertou Beto a direção.

O celular de Beto tocou de novo, e JK avisou onde eles haviam deixado o carro. Beto respondeu que em dez minutos estaria lá.

– Não sei... estou com um mau pressentimento – disse Lucy com olhar baixo.

– Eu vou tomar conta de você com a minha vida! Ouviu, menina?

– Eu sei me cuidar, mas vou gostar de ter um guarda-costas bonitão.

Meia hora depois, Beto estava em um posto de gasolina abandonado onde JK havia marcado. Ao descerem do carro, ouviram um assobio e em um canto escuro, à sombra de uma árvore, estavam duas mulheres. Beto logo reconheceu JK.

– Oi, JK, quanto tempo! – abraçaram-se os dois.

– Olá, Beto! Estas aqui são Alicia e Renata.

– Esta aqui é Lucy.

– Renata, seu pai foi um homem muito honrado. Tenho orgulho de conhecer você, meus pêsames – disse Beto, apertando a mão de Renata.

— Você também conhecia meu pai? — falou ela imaginando que aquilo era um grupo secreto de caça a vampiros.

— Sim — respondeu ele entendendo o olhar da menina.

Todos se cumprimentaram. Beto e JK foram para um canto, para conversar sobre o que estava acontecendo com os dois. As três meninas ficaram ali se conhecendo melhor.

— Você é um deles, não é? — indagou Alicia.

— Sou, mas não como eles — respondeu Lucy.

— Para mim, vocês são todos iguais! Quando têm sede, matam o primeiro que veem.

— Para com isso, Alicia! — interveio Renata. — Não liga para ela não, ela não gosta muito de vocês.

— O que você tem? — falou Lucy.

— Meu irmão está doente e tive que deixá-lo para trás com um vampiro. Será que ele vai machucá-lo? Será que ainda está vivo? Não devia tê-lo deixado com um desconhecido.

— Ainda por cima vampiro — disse Alicia.

— Eu também sou vampira e não mato. Beto me dá bolsas de sangue para eu me alimentar.

— Por que está aqui? — questionou Renata.

— Estou aqui por vingança — respondeu.

— Eu estou aqui porque meu pai nos colocou nisso. Essa vingança é dele.

— Beto me contou coisas sobre o seu pai. Parece que foi um grande homem, devia honrá-lo.

— É. Mas isso já trouxe muita tristeza. Primeiro minha mãe, depois meu pai e agora meu irmão. Será que tá valendo a pena?

Todos ouviram um barulho e se agruparam. Sabiam agora que estavam sendo seguidos pelos dois lados e tinham de chegar até o último ponto da charada.

– Precisamos sair daqui, eles estão sempre nos seguindo e já são quase 2h. Estão com pleno poder – sugeriu Beto baixinho.

– Você tem razão. Também temos gente na nossa cola – respondeu JK. – Tome aqui, Beto, esse é o mapa para o ponto de encontro, para onde vamos. Faça um caminho que eu faço outro, assim também os dividimos.

– Ok. Vamos, Lucy.

– Vamos, meninas.

Contra-Ataque

O dia começou agitado no recinto onde acontecia a confraternização da Igreja Esperança Renovada. Os bispos da igreja estavam nervosos e andavam por todos os lados. As atividades corriam como o planejado, e apenas uma pessoa no meio de toda aquela gente sabia o que podia estar ocorrendo: Lucas.

Mesmo tendo sido ameaçado na noite anterior, Lucas não desistiu. Como sabia que não tinha como fugir, continuou sua investida para investigar o que estava acontecendo. Claro, ele imaginava que aquela agitação toda não seria por causa apenas de sua presença, pois, como ele mesmo sabia, isso era um problema simples de resolver.

Ele seguiu novamente até a entrada do palácio subterrâneo, mas percebeu que desta vez seria impossível entrar lá. Além de estar sendo vigiado de perto, a entrada estava muito bem guardada.

Foi então que seguiu até o salão de confraternização da igreja. Era uma área onde o público tinha acesso aos diversos meios de comunicação existentes: sala de TV, computadores com internet, rádio etc. Percebeu que na sala de TV estavam alguns membros do conselho da igreja, muito agitados, e se dirigiu para lá. Observou que eles estavam atentos a uma notícia sobre atentados a casas nas regiões próximas de onde estava acontecendo o encontro. Como estava distraído, não percebeu a aproximação do pastor Alaor, que o tocou pelas costas:

— Está vendo, Lucas? Você poderia fazer parte de tudo isso, mas logo não passará de um cadáver.

— Do que está falando?

— Amanhã, domingo, teremos de volta o que nos foi tirado e poderemos rapidamente multiplicar a nossa espécie por intermédio do próprio vício humano, seja pela crença ou pelas drogas!

— Não sei como fazem isso, mas a polícia vai impedir vocês. E aqueles que morreram ontem e não se transformaram, como explicarão o desaparecimento deles?

— Não seja tolo! Todos os que escolhemos para tentar ser como nós são pessoas que deixaram seus lares ou que vivem nas ruas. Por isso que usamos o atrativo das drogas. Quando eles estão destruídos socialmente, nós tentamos transformá-los; daí, se não der certo, ninguém sentirá a falta deles, e então nós despachamos os corpos. Como foi o caso de sua irmã. Alguma vez alguém da sua família deu por falta dela?

Lucas sentiu ódio e tristeza naquele momento, pois percebeu que o que tinha acontecido com sua irmã fora culpa dele e de sua família. Percebeu também que a sociedade onde vivia estava se tornando cada vez mais fria, e que as pessoas não estavam mais ligando nem para os próprios parentes, que, por algum motivo, haviam se perdido no caminho da vida. Chegou à conclusão de que o plano dos vampiros donos da igreja era perfeito e que, se continuasse, em pouco tempo eles estariam dominando toda a sociedade. Talvez fosse a melhor coisa a se fazer mesmo, pois, pelo menos, os vampiros cuidavam mais da existência da própria espécie do que os humanos. Ainda assim, ele resolveu que faria alguma coisa e respondeu a Alaor:

— Se eu puder impedir, vou contar todo o plano de vocês!

— É mesmo? Como? Amanhã, assim que chegarmos, você será levado e não existirá mais!

– Vocês não podem me matar aqui, pois sou conhecido por todos; diferente daqueles pobres coitados que vi lá embaixo. Não sei o que fazer ainda, mas pode ter certeza de que Deus saberá!

Dito isso, foi se afastando do pastor Alaor enquanto este olhava para ele com um sorriso esculpido no rosto, na certeza de que aquele jovem nada podia fazer contra eles. Afinal, como ele mesmo dissera, logo teriam a fórmula na mão e iriam despejar nas ruas uma tonelada de drogas.

Sem ter a menor ideia do que fazer, Lucas seguiu para um canto afastado do recinto, seguido de perto por dois homens que apenas o vigiavam, mas não chegavam a manter contato com ele.

Olhando para o céu, percebeu que, apesar de tudo, estava em uma igreja e, apesar das intenções que havia por trás de tudo aquilo, ainda assim existiam pessoas que estavam ali em busca de Deus e, com certeza, Ele se fazia presente para essas pessoas. Foi então que se pôs de joelhos e começou a pedir por Deus.

Os vigias que o seguiam, vendo isso, começaram a rir do garoto que estava de joelhos na grama clamando por Deus, pois eles sabiam o destino dele e não acreditavam que Deus pudesse fazer algo.

Um dos excursionistas que passava por ali viu Lucas de joelhos clamando por Deus e resolveu se sentar a seu lado. Logo, várias pessoas do acampamento se juntaram a eles, fazendo uma verdadeira vigília, à luz do dia. Da boca de Lucas começaram a sair palavras que entravam na cabeça daquelas pessoas e que as convenceram a passar o dia inteiro ali, de jejum a Deus.

Ao verem tal cena, os vampiros da igreja começaram a ironizar aquilo e, ao mesmo tempo, a ficar cada vez mais com raiva de Lucas. Alaor então se manifestou falando aos vigias do menino:

– Não quero que ninguém faça nada. Deixe-os, afinal de contas, eles acreditam que estão aqui por isso. E quanto a Lucas, deve estar pedindo pelo amor de Deus para não morrer, quando deveria pedir para Ele deixá-lo entrar no paraíso.

Quando o sol se pôs, todos foram para o refeitório se alimentar, satisfeitos pelo dia de louvor a Deus. Lucas abriu os olhos e percebeu que já era noite e seguiu junto com os outros. Pensando no que podia fazer, não se deu nem conta de que começara a chover. Aquele monte de gente começou a se movimentar para não se molhar, quando, de repente, um relâmpago caiu em uma árvore próxima ao local onde todos estavam e foi aquela correria em direção ao recinto, pois todos ficaram muito assustados. Os pastores da Igreja tentaram pedir calma à multidão, que foi invadindo o refeitório, passando por cima deles. Lucas, que foi um dos últimos a chegar, notou que um dos pastores, em meio à correria da multidão, não percebera que o tumulto fez com que ele deixasse para trás uma pasta.

Lucas a pegou, colocando-a debaixo da sua blusa, foi para o refeitório e comeu tranquilamente. Com o tumulto, nem seus guarda-costas viram que ele pegou a pasta. Depois de ouvir as palavras dos pastores após a refeição, Lucas foi direto ao banheiro para ler o que continha dentro daquela pasta. Havia uma lista com dados de algumas pessoas. Os nomes estavam separados por fichas que continham todos os dados das pessoas que representavam alguma ameaça para o plano dos vampiros, tudo detalhado e com foto. Foi então que, folheando, viu a foto de sua irmã e seu coração se encheu de alegria. Ela estava viva, graças a Deus. Começou a chorar e percebeu que Deus lhe estava dando o caminho. No final, havia o relatório com todo o plano de ação para eliminar de uma vez por todas aquelas ameaças. Lucas teve acesso, finalmente, a todo o plano da igreja.

Agora ele sabia o que tinha que fazer e se dirigiu à sala de TV, para tentar obter todo o tipo de informação sobre o caso das explosões nas cidades. A única coisa que faltava para ele era um meio de se comunicar com o mundo exterior mas, para tanto, ainda tinha de contar com a ajuda de Deus.

Ele passou a noite vendo TV em busca de informações, até que o noticiário local informou que continuavam as explosões pela região e a polícia já tinha informações sobre os suspeitos, dando nomes. Rapidamente, ele pegou a pasta e começou a ver se encontrava alguns daqueles nomes nas listas e é claro, encontrou o nome de JK e Alicia.

Enquanto Lucas tentava um contato com os dois, os chefes da igreja estavam planejando o que fazer para ter a fórmula quando ela fosse localizada:

– Jefferson?

– Sim, senhor Alaor?

– Vocês estão na cola deles, não é?

– Sim, estamos.

– Ótimo. Vocês vão encontrar outra equipe que vem seguindo o policial e sua amiga vampirinha. Mas mandaremos mais pessoas até aí. Quero essa fórmula amanhã, entendeu?

– Sim, claro, estaremos com ela.

– Não quero erros, porque, em breve, tomaremos conta da maior cidade do país e, para isso, é imprescindível que a fórmula volte para nossas mãos!

– Ok, pode deixar.

Alaor desligou o telefone e em seguida ligou novamente:

– Alô? Mestre?

— Sim, Alaor. Está tudo pronto para minha aparição aí amanhã?

— Sim, senhor, mestre. Amanhã teremos a fórmula, e o senhor poderá fechar o encontro em grande estilo!

— Muito bem, desta vez não terá erro, certo?

— Não, senhor Roger, pode ter certeza. Está tudo sob controle.

— Até breve então!

— Até!

Alaor desligou e começou a sorrir. Se sua operação desse certo, como ele imaginava, amanhã ele seria o homem mais bem qualificado aos olhos do vampiro mais velho de toda a ninhada.

Lucas foi até onde estava uma turma de jovens e tentou arrumar um celular. Um dos jovens gentilmente lhe emprestou; porém, ele viu que um dos homens que o seguia começou a se aproximar. Sem pensar, ele correu em direção ao banheiro e trancou a porta. O vigia, sem saber o que fazer, pois não podia chamar a atenção, passou um rádio para Alaor:

— Chefe, o Lucas entrou no banheiro com um celular, o que faço?

— Deixe para lá, a partir de amanhã ele não será nada! — respondeu assim, pois estava muito empolgado com a chance que teria de subir na hierarquia vampírica e nem percebeu o perigo que poderia ser essa ligação.

Lucas saiu do banheiro mais aliviado e devolveu o celular com um sorriso no rosto, o que não agradou em nada os dois homens que o seguiam. Contudo, não podiam fazer nada, afinal, cumpriam ordens. Lucas também não foi prudente, mas em sua atual situação, o desespero é que comandava seus movimentos.

Nascendo de Novo

Os primeiros a chegarem ao ponto de encontro foram Alicia, Renata e JK. Mesmo sem seu irmão, Renata sabia que iria encontrar a bendita fórmula, pois agora precisava apenas destrancar uma fechadura. Com a aparente perda do seu irmão, aquilo passou de uma simples investigação para uma vingança como a de seu pai.

Logo depois chegaram Beto e Lucy. Todos montaram guarda enquanto Renata entrava na igrejinha deixada por seu pai. Estava, finalmente, em Jambeiro; enfim, no final de sua jornada. Mas havia perdido muito pelo caminho. Foi então que percebeu que tinha de fazer aquilo por todos os que tinham perdido suas vidas, pela sua mãe, seu pai e seu irmão. Caminhou pelo meio da igreja, que era pequena e estava abandonada, tudo velho, menos uma cruz enorme, presa à coluna de concreto no canto do altar. Renata se aproximou e percebeu que havia uma frase entalhada no concreto: "Se não for o escolhido, irá para os céus".

Ela parou, pensou e compreendeu por que os vampiros não tinham atacado o lugar e levado a fórmula logo. Não sabiam o local e precisavam dela. Todas as pistas e todo o segredo deixavam isso claro. Seu pai havia planejado tudo e feito de uma maneira com que, se não fosse ela ou seu irmão, a fórmula estaria perdida para sempre. E então notou que estava em cima de uma igreja cheia de explosivos, e os vampiros sabiam que não podiam matá-los enquanto não tivessem a fórmula na mão.

Pegou a chave na mão e viu que não havia como encaixá-la na cruz. Colocou-a no bolso e olhou ao redor. Observou que a cruz estava no lugar errado, porque geralmente ela devia estar no meio do altar e não em um canto, já que no centro não havia nada.

Não sabia o que fazer. Quando pôs a mão no bolso novamente e pegou a chave, teve a impressão de que ela era apenas um símbolo. Lembrou-se da frase entalhada e deduziu que a chave era ela mesma. A cruz não tinha a imagem de Jesus e então foi até lá, virou-se de costas para ela e abriu os braços. O seu peso acionou um mecanismo que baixou a cruz. Em seguida, ela encostou em suas costas e começou a prendê-la de uma forma semelhante a que Jesus foi crucificado. Sentiu uma picada nas costas e percebeu que seu sangue estava sendo analisado. Aquela cruz era um equipamento que testava o sangue, e em poucos segundos a soltou.

O altar se abriu e uma caixa subiu. Dentro dela estava a fórmula, em um canudo de alumínio. Pegou o canudo e colocou no bolso. Saiu pela porta da igreja, e JK foi logo perguntando:

– Conseguiu?

– Consegui sim!

– Ótimo! Vamos dar o fora daqui.

Uma bala cruzou o céu e acertou em cheio o peito de Alicia, que caiu. Todos procuraram abrigo para se esconderem das balas.

– São vampiros e estão por todos os lados! – gritou Beto.

Todos começaram a disparar suas armas, mas rapidamente os vampiros avançaram para cima deles, pois estavam em maior número. Beto e JK acertaram alguns deles que logo caíram.

Enquanto isso, Renata correu para se esconder dentro da igrejinha. De repente, quebrando uma das janelas, surgiram três corpos, caindo lá dentro.

Um deles mordeu metade do pescoço do outro e o matou ali mesmo. Quando se virou, Renata teve uma incrível surpresa: era seu irmão. Mas ele estava diferente, mais pálido, com dentes grandes e olhos vermelhos. A seu lado estava o rapaz misterioso que cuidara de Carlos; eles haviam sobrevivido. O estranho era que Renata olhava para os dois vampiros e tinha a sensação de que seu irmão não era igual ao outro, parecia mais coberto por uma aura negra.

– Não se assuste, Renata. Sou eu, seu irmão, e este é João, você se lembra dele, não? – disse Carlos a Renata, que em um primeiro momento se afastou dele, assustada. – Eu mudei, mas ainda sou o mesmo, seu irmão, só que agora eu tenho poderes para lutar de igual para igual com esses vampiros. Não vai me dar um abraço?

Renata abraçou o irmão e percebeu que ele não tinha mudado apenas por fora, mas também por dentro. Mas achou que isso era normal e perguntou a João:

– Então esse é seu nome?

– Sim, mas precisamos sair daqui!

– É, Renata, ele está certo. Você precisa vir com a gente, a fórmula é nossa garantia de vida.

– Mas e os outros? Não podemos deixá-los aqui para morrer!

– Nós já ajudamos, pegamos muitos vampiros lá fora que não esperavam por nós. Agora eles têm que cuidar dos que sobraram e fugir antes que cheguem mais, senão todos estaremos perdidos e você sabe o que tem que fazer – ponderou João.

– Está certo, vamos! E que Deus os proteja.

Lá fora a coisa estava feia, e o primeiro vampiro a chegar perto deles foi Nathan. Lucy resolveu enfrentá-lo.

– Vejo que nos encontramos de novo, gatinha! Da última vez você estava muito doidona e não deve ter sentido nada. Mas prometo que agora serei mais carinhoso.

– Adorei te ver por aqui, agora vai pagar pelo que fez comigo, miserável!

Nathan voou para cima de Lucy, que se jogou de costas no chão e usou os pés para lançar o vampiro longe que ainda assim caiu de pé. Beto viu a briga dos dois, mas não pôde fazer nada, pois estava preocupado com os outros vampiros que estavam chegando.

– Pensa que vai me derrubar fácil, vampirinha ridícula?

– Não vou te derrubar mesmo, vou te matar!

Nathan veio com tudo para cima de Lucy e desferiu diversos socos em seu rosto, fazendo com que ela ficasse apoiada em um joelho, olhando em seus olhos. Ele havia arrancando um pouco de sangue de sua boca.

Lucy rapidamente se refez, correu na direção de Nathan e o agarrou pela cintura, jogando-o contra a parede.

– Acha que isso vai me ferir, sua fraca!

– Já disse não quero te ferir, quero te matar!

– Vou continuar arrancando seu sangue até não sobrar uma gota sequer em seu corpo.

– Venha tentar!

Nathan voou em direção a Lucy e a arremessou contra a parede da igreja. A pancada foi enorme e feriu as costas da moça. O vampiro mais uma vez a atacou, chutando-a diversas vezes enquanto estava caída no chão.

Ele se virou e pegou uma espada para desferir um golpe mortal em Lucy. Ao ver isso, Beto não hesitou em atirar três vezes nas costas do vampiro, que olhou para trás e sorriu:

– Espere a sua vez, ela vai chegar!

Sem que o vampiro percebesse, Lucy se levantou e o jogou contra uma viga que estava na parede da igreja e o perfurou no centro da barriga. Ele levantou os olhos, e mais uma vez com um sorriso disse:

– Agora vou acabar com a sua raça, maldita, você sabe o quanto isso dói!

Saiu da viga e levantou a mão direita para desferir um golpe com a espada em Lucy, que estava parada bem à sua frente, mas, para a sua surpresa, percebeu que a arma não estava mais em suas mãos e olhou para a garota, que tinha sido mais rápida.

– Surpreso? Vá para o inferno!

Lucy desferiu um golpe com a espada, arrancando a cabeça de Nathan fora. Viu seu corpo cair imóvel no chão, porém, quando voltou os olhos para Beto, percebeu que todos estavam dominados, inclusive Alicia, que estava ferida.

– Largue a espada, Lucy! Acabou – ordenou Jefferson.

Vendo a situação, ela não pensou duas vezes e se entregou.

– Senhor, nós os pegamos, menos a garota que está com a fórmula. Ela fugiu com o irmão que agora é um de nós e o outro vampiro – disse Jefferson ao telefone, logo após render Lucy. – Mas, mestre, não íamos eliminá-los? Ah, o senhor tem razão, temos de usá-los para atrair a garota com a fórmula – desligou o telefone e ordenou a todos: – Vamos levá-los para a sede, mexam-se!

O Dia Perfeito

Renata, João e Carlos se esconderam em uma fazenda próxima. Carlos, ainda maravilhado com seus novos poderes, não ficou na cabana onde os outros dois aproveitaram para descansar.

— Meu irmão está muito estranho, parece que os novos poderes dele o estão mudando.

— No começo é assim mesmo, pensamos que somos deuses.

— Como vocês escaparam?

—Tive de transformá-lo em vampiro, senão ele morreria e daí corremos.

— Ele bebeu seu sangue?

— Sim.

— Nunca mais será o mesmo, não é?

— Não, mas ainda pode ser seu irmão. Veja, sem manifestar meus poderes, sou uma pessoa normal, um pouco pálida, mas sou normal.

— Eu sei, é que olhando para vocês dois, ele parece diferente...

— Quando tudo passar, ele vai se acalmar mais e aprender a conviver com isso, então se aproximará mais do que era.

— Eu espero. Posso fazer uma pergunta?

— Sim, claro.

— Como sabia da gente desde o começo?

— Conhecia seu pai. Ele me salvou de ser como os outros e pediu que acompanhasse vocês na jornada que iam enfrentar. Seu pai era especial, diferente do meu que ficou obcecado por vingança.

– Eu também conheço seu pai. Você é filho do JK certo? Por que não se revelou a ele?

– Quando minha mãe morreu, ele ficou diferente. Obcecado pela vingança, não pensava mais em nada, nem em mim. Tanto é que fui levado pelos vampiros. Meu pai nunca foi realmente atrás de mim. Ele quer se vingar pela morte de minha mãe.

– Entendo.

– Sempre admirei você...Quando seu pai me encontrou em um beco em São Paulo, ele me alojou e me ajudou, e eu sempre estava por perto vendo vocês de longe.

– É, e por quê? Eu sempre fui comum, a não ser de uns dias para cá.

– Sua beleza e seu jeito doce... Seu pai incumbiu a mim de ser o guardião de vocês, e acho que acabei me interessando muito mais por você do que pelo seu irmão – confessou ele tímido e risonho.

– Eu também gostei de você desde a primeira vez em que o vi...

– Sério?

– Sim.

Os dois se olharam, os rostos foram se aproximando e se beijaram como se o amor nascesse naquele momento. Mesmo naquele dia difícil, o amor foi mais forte. Para quem pensa que o coração de um vampiro é frio, ficaria surpreso com a paixão que tomava conta daqueles dois.

João foi tirando a roupa de Renata e acariciando seu corpo, ela, tímida, viu o vampiro se despir e admirou como sua pele era perfeita. Os dois se acariciaram e fizeram amor loucamente, entregando-se um ao outro de corpo e alma. Foi uma noite inesquecível. Estavam tão felizes que ainda que tudo desse errado, aquele momento havia valido a pena. Adormeceram.

Acordaram com a luz do sol adentrando a velha cabana. Estavam tão inebriados que não perceberam que Carlos não havia voltado da noite, mas ele logo chegou.

– O que está acontecendo comigo? – perguntou Carlos, entrando cheio de sangue na cabana.

– Carlos, de onde vem esse sangue! – gritou sua irmã.

– Eu não sei, mas estou fraco, meus poderes estão sumindo...

– Isso é normal, de dia ficamos sem poderes e cada vez que forçamos ficamos ainda mais fracos e vulneráveis – explicou João, que se aproximou dele e continuo baixinho: – Estava caçando, não é? Espero que só tenha apanhado animais, porque senão seremos inimigos, pois será igual aos outros.

– Estava só pegando animais para me alimentar! – retrucou com uma voz de raiva.

– Vamos, vou ajudar você a se limpar, mas de onde veio esse sangue? Você não me respondeu – disse Renata preocupada.

– Eu tive de me alimentar de animais, mas não me lembro muito bem do que aconteceu.

Renata ajudou o irmão a se limpar e a descansar um pouco. Logo ele adormeceu na cabana.

– Meu irmão dormiu.

– Deve estar cansado, pois teve uma noite longa! – disse João com um ar estranho.

– O que vai ser dos outros?

– Eles vão ter de se virar sozinhos, não podemos deixar de jeito nenhum que essa fórmula caia nas mãos deles.

– Então vamos destruí-la agora!

– Não podemos. Temos de levá-la a algum especialista para ver se ele consegue achar algo que combata o vício da droga.

– Tem razão, mas o que vamos fazer então?

– Vamos esperar seu irmão descansar e voltar para São Paulo.
– Mas vamos ficar nesta cabana o dia todo? Estou com fome, por que enquanto esperamos não damos uma volta pela região?
– Um encontro?
– Pode ser, estou precisando mesmo esquecer um pouco de tudo.
– Ótimo, vou pegar o carro!
– Vou dar um jeito aqui na cabana para ninguém encontrar meu irmão.
– Certo. Nunca achei que teria um encontro e, ainda mais, passar um domingo juntos, muito menos nessas condições.
– E eu jamais pensei que me envolveria com um vampiro.

Renata fez o possível para esconder Carlos dentro daquela cabana, enquanto João pegava o carro. Logo ele chegou e, então, partiram. Foram sem destino, apenas para se esquecerem de tudo e curtir aquele momento que era especial para ambos.

Estavam como enamorados dentro do carro. Nenhum dos dois teria previsto que se apaixonariam e poderiam ter a chance de estar junto nessa circunstância. O carro parecia que ia sozinho pela estrada enquanto eles trocavam carícias e conversavam sobre os mais variados assuntos.

João ficou sabendo dos pratos que Renata gostava e das coisas que ela fazia antes de se envolver em toda aquela confusão. Já João contou sobre sua vida e como os vampiros destruíram sua família. Falou do tempo em que foi levado de casa e de como teve forças para fugir e manter sua humanidade. Renata ficava admirada escutando as histórias do amado.

Ela falava de seu pai, de seu irmão e de como se lembrava de sua mãe. Em sua mente, ela se recordava dos churrascos em família, das datas especiais e também dos carinhos que sua mãe fazia nos dois irmãos. Contou como tudo começou a mudar depois que ela morreu e de como seu pai começou a se afastar dos dois, envolvendo-os em uma redoma impenetrável, porém sem amor. Explicou que essa situação fez com que os dois irmãos ficassem cada vez mais unidos, e por isso ela estava triste com a transformação que havia ocorrido com ele, pois tinha medo de que se afastassem.

Conversaram tanto que parecia que já se conheciam desde sempre. Além de amantes, estavam se tornando amigos, parceiros e confidentes. Começaram a criar, a partir daquele momento, um laço maior que o laço que se tem com as pessoas de sangue. Um laço de amor, carinho e cumplicidade.

Falaram tanto que, quando perceberam, já sabiam tudo um do outro e nem tinham visto que estavam em outra cidade e não mais em Jambeiro.

– Nossa, estamos em São José dos Campos de novo! Nem vi, acho que o carro dirigiu sozinho.

– Estávamos tão empolgados que nem percebemos, nossa! Mas e o meu irmão? Agora estamos longe dele!

– Não se preocupe, voltamos mais cedo. E acho que os outros é que devem se cuidar com ele.

– Não fale assim, ele vai ficar igual a você e vamos rir de tudo isso, espero...

– Também espero. Olha, tem um shopping aqui perto, vamos?

– Vamos, vai ser legal, podemos almoçar lá. Você come, né?

– Claro que sim! O sangue é para manter nossos corpos imortais e nossos poderes, mas durante o dia, como pode ver, somos quase humanos.

Entraram no shopping mais famoso da cidade que ficava à beira da rodovia Presidente Dutra. Eram como um casal de namorados, de mãos dadas passeando pelas lojas e vendo as vitrines. Ninguém poderia imaginar o que aqueles dois estavam enfrentando diante da alegria que eles transmitiam.

Fizeram planos de comprar celulares, roupas e muitas outras coisas. Chegaram à praça de alimentação e resolveram comer um lanche. Renata adorou aquele momento, fazia tempo que não se divertia assim. João, então, nunca havia passado por isso.

Os dois se beijavam a todo instante e resolveram até pegar um cinema. Em cartaz, havia um filme de vampiros que era um sucesso, mas passaram longe dessa sala e foram assistir a um filme de comédia. Riram e se beijaram como todos no escurinho do cinema.

Depois da sessão, que terminou por volta das 16h, pararam ainda em um parque da cidade para terminar aquele dia com chave de ouro. Ficaram deitados na grama, olhando para o céu.

– O sol não lhe faz mal?

– Incomoda um pouco, mas eu me acostumei.

– Que bom, assim não vou precisar trocar o dia pela noite.

– É, mas eu também tenho que descansar, sabe, dormir um pouco.

– Eu sei, por isso nunca vou ligar antes do meio-dia...

– Temos que voltar, logo vai escurecer. Vamos pegar seu irmão, voltar para São Paulo e depois pensar em um plano para fugir de vez dos vampiros.

– E seu pai?

– Não podemos correr o risco de sermos apanhados, e tenho certeza de que ele prefere assim.

Entraram no carro e seguiram viagem. Aquele, com certeza, foi um dia perfeito e iria ficar na memória dos dois para sempre.

– Renata, não importa o que aconteça, você foi a melhor coisa que apareceu na minha vida e só isso já valeu a pena por tudo.
– Também adorei, mas espero que não aconteça nada...
Em pouco tempo estavam de novo na cidade de Jambeiro e foram para a cabana. Chegando lá tiveram uma surpresa: Carlos sumira e no seu lugar haviam deixado um bilhete:

Se quiser ver seu irmão e os outros novamente, terá de nos entregar a fórmula. Se fugirem, morrerão. O vampiro que está com você sabe onde nos encontrar, venha logo!

– E agora, João, o que faremos?
– Continuaremos com o plano!
– Não posso deixar o meu irmão para trás...
– Mas se formos até lá, todos morreremos, e eles ainda terão a fórmula. Eles querem nos levar na sede deles, deve haver milhares de vampiros por lá! Nunca os deteremos, eu conheço o lugar.
– Mas não é neste fim de semana que está sendo realizado o encontro da igreja?
– Sim.
– Então, eles devem estar muito ocupados.
– Você não entende. Ali que tudo começou, lá que eles transformam as pessoas em vampiros. Neste fim de semana, eles devem aumentar ainda mais o seu ninho. Não temos a menor chance.
– Não necessariamente. Preciso fazer uma ligação, e nós temos de conseguir umas coisinhas.
Renata pegou o celular e começou a discar.

Final de Festa

— Ela precisa de cuidados!
— Eu sei, mas o que podemos fazer?
— JK, se não fizermos nada ela vai morrer! Ei, você aí, vampiro! Precisamos levá-la ao médico.
— Temos médicos em nosso grupo que vão cuidar dela se a garota trouxer a fórmula.
— Não falei, Beto! Eles não vão ajudar!
— Droga!

Os quatro estavam sendo levados para a sede da igreja, que também era o ninho dos vampiros, dentro de um caminhão baú. Tudo havia dado errado, e, agora, a única esperança deles era uma garota.

— Estamos perdidos, Lucy!

Chegando à sede, o caminhão entrou logo para o subterrâneo, onde foram colocados em celas.

— Temos uma pessoa ferida aqui! — começou a gritar Beto.

Então Alaor apareceu:

— Bem-vindos a nosso humilde lar, contemplem a nossa grandeza!

As luzes se acenderam e puderam ver quão grandioso era aquele lugar. Estavam presos no alto e dali podiam ter a visão de tudo. Parecia um reino subterrâneo e estava repleto de vampiros. Certamente, havia milhares deles vivendo naquele ninho, prontos para sair para as ruas com o intuito de angariar novas almas.

— Se você não providenciar um médico para ela logo, juro que vou destruir este lugar!

– Calma, Beto! Você sempre foi um policial dedicado e com espírito de herói... Não vamos deixá-la morrer, sabemos do valor que ela tem e talvez a transformemos em uma de nós. Levem-na!

Dois vampiros entraram na cela e levaram-na.

– Se a machucar mais Alaor, prometo que...

– Ora, ora, JK, o grande caçador agora é a presa! Nosso mestre terá o prazer de sugar todo o seu sangue. E você, menina, o bom filho a casa torna, não? Tenho novidades para você. Quando resolvermos esse problema da fórmula, resolveremos um pequeno detalhe com seu irmão... Os famintos vampiros do centro de São Paulo vão adorar se divertir com ele. Agora vou deixá-los a sós e aproveitar a estadia. Logo, terão um novo companheiro.

Alaor virou-se para seus comandados e ordenou:

– Reúnam todos! Precisamos de todo o efetivo! Assim que as pessoas forem embora do encontro da igreja hoje, quero que todos os vampiros que estiverem prontos retornem para as cidades, misturados em meio às pessoas, e assumam seus postos para dar andamento ao nosso grande plano. Logo teremos mais igrejas e, com elas, mais fiéis que se tornarão vampiros e multiplicarão a nossa espécie por todo este país! – gritou Alaor, seguido por um brado ensurdecedor de milhares de vampiros.

O encerramento das festividades da igreja estava marcado para depois do almoço, no templo principal acima deles. Todas as pessoas que haviam ido pela razão de ser um encontro espiritual se reuniriam no culto de encerramento. Depois disso, os vampiros seguiriam o plano, voltando junto com os humanos para as cidades destes.

Em outro canto do lugar, Lucas estava ansioso, sem saber o que fazer. Viu a agitação, mas não pôde fazer nada, pois era seguido de perto pelos vampiros. Andava de um lado para o outro, desesperado. Não tinha certeza se seu aviso havia sido suficiente para proteger os outros, ainda mais quando viu o caminhão chegando e entrando direto para o subsolo.

A manhã corria depressa, sem nenhuma novidade, a não ser pela agitação dos responsáveis da igreja que procuravam orientar as pessoas para seguirem a programação e não se atrasarem. Pouco antes do almoço, para surpresa de Lucas, os guardas o abandonaram e foram cuidar dos preparativos. Finalmente, estava sem vigia. Seu primeiro pensamento foi se dirigir para o subsolo. Mas quando chegou perto da entrada, espantado, viu que os vampiros deixavam o lugar aos montes e se misturavam à multidão enquanto caminhões saiam pelo estacionamento, com certeza, carregados com os corpos dos mortos. Teve a ideia de se misturar à legião de vampiros para tentar descobrir o que estava acontecendo e foi o que fez.

Alaor e os líderes do movimento aguardavam ansiosos a chegada da noite, e, com ela, a vinda de seu mestre. Prepararam o discurso para o culto e foram se juntar com todos para agradar os fiéis e confirmar a imagem de homens santos.

Como tinha sido deixado para escanteio, Lucas aproveitou para coletar o máximo de informações possíveis se misturando à multidão. Foi para o refeitório e conversou com várias pessoas. Estava esperando que algo acontecesse e queria descobrir o que era, por isso se manteve calmo e investigativo durante todo o dia.

Depois do almoço, todos se reuniram e foram assistir ao culto no templo principal. O local estava lotado, com pessoas em pé e sentadas no chão. O encontro resultaria em sucesso para a igreja, que na semana seguinte poderia divulgar o êxito de suas festividades por todas as regiões abrangidas.

Naquele dia, Alaor foi o responsável pela pregação, que tinha sido elaborada minuciosamente para atingir a mente de todos os presentes e, assim, pudesse causar um impacto tão grande que as pessoas comentariam sobre a igreja para todos os mais próximos, aumentando ainda mais seu contingente. Depois de uma hora de pregação, ele terminou sua fala de uma maneira que dava a entender que a igreja se multiplicaria cada vez mais e, com isso, sua legião de vampiros também:

– *Queridos irmãos, como lemos na Bíblia, o mundo de hoje não é mais um lugar seguro para nós e para nossos filhos, as ruas de nossas cidades estão infestadas de pessoas más. O homem não respeita mais o homem, só respeita o dinheiro. Estamos vivendo um tempo de escuridão e precisamos mudar isso, para ter um amanhã de luz. Nossa igreja vai acolher a todos que quiserem aceitar as mudanças que virão e transformarão o mundo em um lugar melhor. Irmãos, precisamos nos unir, pois só assim poderemos evoluir e ser mais fortes para enfrentar o mal que ronda o mundo. Unidos, seremos superiores e poderemos derrotar nossos inimigos. Uma nova Era virá e só aqueles que estiverem dentro da igreja serão salvos. Abençoo a todos e vão com Deus.*

Eram 15h quando o culto de encerramento terminou e todos se aprontaram para a partida. Começaram a chegar os ônibus, e as pessoas foram colocando suas coisas e embarcando. Sem que ninguém percebesse, milhares de vampiros se misturavam à multidão e entravam nos ônibus. Aqueles que tinham vindo de carro também estavam partindo. Havia muita alegria no ar, mas, infelizmente, as pessoas não percebiam o que realmente estava acontecendo.

Lucas observou que a cúpula da igreja e mais alguns membros não se aprontavam para sair do local e descobriu, escondendo-se atrás de uma porta, que eles iriam aguardar a chegada do mestre. Resolveu então que não sairia dali, mesmo que estivesse perdendo a chance de salvar a sua própria vida.

Por volta das 19h, as últimas pessoas foram embora da sede da igreja. Lucas não conseguiu contar, mas notou que centenas de vampiros tinham ido junto, ficando apenas a cúpula e aqueles que haviam organizado o evento. Escondido, viu que haviam chegado alguns vampiros que não estavam no recinto antes. Eram uns oito, todos vestidos como góticos, portando armas e trocando informações.

Como ninguém não se lembrava mais de sua existência, pois todos estavam eufóricos com a chegada do mestre e o sucesso do encontro, Lucas conseguiu ficar bem próximo a eles e ouvir que falavam de alguns presos que haviam sido trazidos à sede e estavam nas celas subterrâneas. Nada estava sendo vigiado, e os preparativos, agora, eram por conta da chegada do líder de todos os vampiros, então foi fácil para Lucas seguir até o subterrâneo.

Havia estado lá apenas uma vez, por isso ainda estava meio confuso com todos aqueles corredores, escadas e construções. Ficou perdido pelo menos durante uma hora e ainda bem que tudo estava vazio, a não ser pelos poucos vampiros que sobraram dormindo no lugar, que era tão grande que havia espaços para os vampiros dormirem, como apartamentos subterrâneos.

Por sorte, ele ouviu vozes e resolveu segui-las para ver onde iam dar. Foi então que se deparou com o pavilhão onde ficavam as celas. Não se aproximou e não deixou que ninguém o visse, ficou apenas olhando e guardando tudo o que via. Percebeu que havia três pessoas presas na cela: dois homens e uma mulher. Esta não lhe parecia estranha, mas não se lembrou de onde a conhecia. Já os dois homens logo os reconheceu por causa das informações contidas na pasta que havia apanhado dos vampiros. Um era JK, um caçador e o outro era Beto, um policial. Apenas a ficha da moça não estava na pasta e é claro, faltavam algumas pessoas. Será que elas haviam morrido?

Aproveitou para conhecer mais ao redor e notou que havia um templo bem no centro do lugar. Desceu as dezenas de escadas até chegar à minicidade subterrânea. Andou, observando tudo, inclusive o local onde havia dois dias vira aquele massacre. Quando chegou ao centro, viu que existia uma construção principal no formato de uma pirâmide e no seu topo havia um trono, provavelmente para o mestre. Ficou parado, pensando, e concluiu que dali o líder poderia falar para todos, os quais teriam uma visão perfeita dele. Compreendeu que tudo aquilo fora planejado e imaginou todo aquele local cheio de vampiros, seguindo as ideias de um só homem, ou melhor, vampiro!

Percebeu que estava sendo observado e tentou se esconder, esgueirando-se pelos cantos. Mas logo foi capturado por alguém que veio por trás e lhe aplicou uma chave de pescoço, tapando sua boca com as mãos e levando-o.

O Plano

Renata e João seguiram até São José dos Campos para contatar algumas pessoas e conseguir certas coisas que não se compra em qualquer supermercado. Foram direto à favela onde JK morava e falaram com alguns moradores que lhes indicaram o cachorrão.

Usaram o dinheiro de Renata para comprar todo o tipo de explosivos. É incrível como é fácil conseguir armamento pesado nas ruas, basta apenas ter dinheiro que se consegue de tudo. Isso não era certo, mas, naquele momento, Renata não tinha outra escolha, pois seu plano deveria prosseguir.

Encheram o carro de armas e explosivos, depois seguiram para o encontro que poderia ser mortal.

– Está com medo?

– A seu lado não tenho medo, meu amor.

– Eu também, Renata. Não se preocupe, pois amo você e não deixarei que nada de mal lhe aconteça.

Pararam o carro antes de chegar à sede da igreja e se separaram. Renata foi sozinha pela estrada de terra, enquanto João se aventurou pela mata.

Pela outra entrada, chegava um carro preto acompanhado por uns motoqueiros que pareciam fazer a guarda. Com certeza, estava chegando o mestre dos vampiros.

Todos os vampiros estavam parados em frente ao templo principal, aguardando aquele momento. Alaor estava à frente de todos para dar as boas-vindas ao líder dos vampiros. Tochas foram acesas e vestimentas foram colocadas por todos que ali estavam. Para os vampiros, seria o início de uma nova Era; afinal, com a fórmula nas mãos, a igreja fazendo sucesso e seus inimigos destruídos, nada os impediria de expandir seu clã por todo o Estado e depois pelo país.

– Saudações, mestre! – cumprimentou solenemente Alaor, prostrando-se de joelhos junto com os outros. Até os motoqueiros desceram das motos e ficaram de joelhos.

O mestre desceu do carro, coberto por um capuz que provinha de uma capa, que cobria o corpo por inteiro. Todos os outros vampiros arrancaram suas capas e saudaram seu mestre com um brado que os transformou em suas verdadeiras formas.

– Glorioso líder! Pai de todos os vampiros, tenho grandes notícias para o senhor. Vários de nossos irmãos já seguiram com os humanos para nossas filiais espalhadas pelo Estado; ficarão a postos, aguardando a droga para distribuir entre os jovens da igreja. Quando eles estiverem viciados e à margem da sociedade, serão facilmente transformados em nossos irmãos também!

– Ótimo! Mas cadê a fórmula? – indagou o velho vampiro, com voz rouca.

– Isso é outra coisa boa, mestre. Finalmente, conseguimos tirá-la do esconderijo, onde aquele traidor havia colocado, sem destruí-la. Foi a própria filha dele que a tirou, como previsto. Em breve, a menina estará aqui, pois temos outra surpresa, mestre, o irmão dela, que é um de nós agora, está em nosso poder. O senhor poderá aproveitar para fazê-lo pagar pelo trabalho que o pai dele nos deu.

– Leve-o para minha sala, logo estarei lá.

– Temos mais prisioneiros, senhor, inclusive aquele policial que há muito nos importuna, mas que agora podemos eliminá-lo.

— Ótimo! Muito bom trabalho, Alaor! Quando a menina chegar, me chame. Agradeço a todos pelo que fazem pela nossa espécie. Seremos, sem dúvida, vitoriosos na luta contra os humanos. Aguardem meu discurso, que deverá ser repassado a todos os nossos irmãos por vocês, que assim como eu são líderes de seus grupos.

Enquanto todos estavam contentes com a chegada de seu líder e preparando-se para uma nova Era dos vampiros, Renata vinha a passos lentos pela estrada de terra, pensando no que iria fazer naquele momento tão perigoso de sua vida. Sabia que se não conseguisse, seria morta e, é claro, os vampiros triunfariam sobre os humanos. Isso era muita responsabilidade.

Renata chegou à entrada da sede da igreja, ficou observando o local e logo percebeu que conhecia aquele lugar pelas fotos do seu pai. Enquanto caminhava, foi abordada por um vampiro que logo disse a ela:

— Vamos, você é esperada na nossa cidade subterrânea.

Renata acompanhou o vampiro, que a levou para uma entrada por onde desceram dezenas de escadas até chegar a tal cidade. Lá andaram até o centro onde estavam todos, apenas esperando a sua chegada.

— Olá, Renata, contemple o que seu pai ajudou a construir! – disse Alaor.

— Meu pai?

— Sim, quando nos conhecemos, ficamos muito amigos, idealizamos tudo isso por intermédio de meu mestre.

— Como assim? Não estou entendendo!

— Deixe-me contar os fatos então... Seu pai apareceu aqui em Jambeiro há pouco mais de dez anos. Ele procurava informações sobre uma colônia de pessoas que habitavam um sítio, este mesmo, e viviam isolados do mundo. Quando chegou até aqui foi bem recebido, claro. Naquela época, éramos apenas uns trinta vampiros, entre homens e mulheres, viajantes dos séculos, descendentes do clã de nosso mestre. Por sorte nossa, seu pai nunca o conheceu, pois o mestre não vivia conosco e, se não fosse por ele, seu pai teria nos destruído. Não sabíamos das intenções de seu pai até ele se mostrar um traidor. No começo, ele queria ser como nós, mas como todos os outros, iria morrer se tentasse a transformação. Nossa espécie não conseguia procriar e desde a Inquisição, não conseguia nem transformar os humanos em seres superiores como nós. Depois das Cruzadas, muitos de nós morreram na luta contra os humanos, pois estes eram em maior número. A igreja quase nos erradicou séculos atrás e, agora, por ironia do destino, é ela que está nos multiplicando. Seu pai dissera que conhecia pessoas que podiam ajudar nossa espécie, mas, na verdade, queria era um veneno para acabar conosco, já que sabia que ninguém acreditaria nele se contasse que conhecia vampiros, e é claro, nós fugiríamos como vínhamos fazendo pelos séculos. Um confronto direto seria o fim dele, portanto, com nossa ajuda, contratou um cientista que estava estudando o nosso sangue apenas para ver que tipo de doença era aquela que, quando transmitida, não alterava o receptor para ficar igual ao doador, mas, sim, destruía suas células. Por sorte, o cientista ficou tão entusiasmado com as propriedades de nosso sangue que resolveu não fazer um antídoto que nos mataria, e, sim, uma maneira de fazer com que as pessoas infectadas ficassem iguais a nós, ou seja, que se tornassem vampiros. Os testes eram complicados de serem realizados, pois poderíamos chamar a atenção caso as pessoas viessem a morrer. Então decidimos pegar pessoas de comunidades carentes, que eram sozinhas na vida. Seu pai, obcecado em nos matar, concordou com tudo, porém não sabia das verdadeiras intenções do cientista. Depois de muitos fracassos, enfim, descobriu uma forma de transmitir o veneno dos vampiros novamente através da mordida, porém, a vítima não sobreviveria se não ingerisse nosso sangue para criar as defesas e alterar o seu DNA. Não teve sucesso em 100% das pessoas mas ajudou bastante... A notícia foi como um milagre para nós e começamos a transformar pessoas. Mas, é claro, algumas não resistiam à transformação e deixavam de existir. Era preciso fazer um teste antes. Seu pai, vendo tudo isso, percebeu que teria de fazer algo. Os vampiros, por intermédio do cientista, que agora estava trabalhando por conta própria, estavam se multiplicando; contudo, muitos não eram como nós, e, sim, como o vampiro que matou sua mãe, atacavam qualquer pessoa devido à sede de sangue. Eu e seu pai tivemos de conter a onda de mortes que surgiu na cidade, caçando os vampiros. Nosso grupo então eliminou dezenas deles e contivemos o surto, pois isso seria ruim para todos. Resolvemos que precisávamos de algo para receber os novos vampiros, um grupo que não chamasse atenção e pudesse desenvolver suas atividades em segredo, foi então que a importância da fé na transformação nos levou à luz e a ideia de criar uma igreja. Como precisávamos do cientista, logo o prendemos e o obrigamos a desenvolver mais e mais a droga que transmitia o vírus vampiresco. O interessante é que se a vítima tomasse, surtia o mesmo efeito, porém, tinha outro efeito colateral o mesmo das drogas ilícitas que circulam por aí. Seu pai parecia que, como nós, queria mudar este mundo e fazer com que uma nova espécie tomasse conta dele, e nós acreditamos. Porém, no dia em que estava marcada sua transformação, ele nos traiu. Como sabia de nossas fraquezas, tinha um plano para nos aniquilar e destruir a fórmula para sempre. Mas graças a nosso líder, que o conhecia sem ele saber, seu plano foi um fracasso a não ser pelo fato de ter matado o cientista e roubado a fórmula. Ele a escondeu em um lugar desconhecido e sabíamos que apenas ele ou alguém de seu sangue poderia pegá-la sem destruí-la, e não podíamos correr o risco de destruir a fórmula para sempre. Sabíamos que ele morreria, mas não a entregaria. Então esperamos e nos dedicamos à igreja, utilizando o estoque da droga em nosso favor durante anos. Suportamos, sem destruí-lo, vê-lo se juntar a outros e a eliminar nossos irmãos, até o momento certo, em que você e seu irmão estariam prontos para nos ajudar. Só então poderíamos destruí-lo.

– Ajudar vocês! Como assim? Estamos fazendo o que nosso pai nos determinou! Nunca os ajudaríamos!

– Minha cara, tudo o que viu e o que passou nesses últimos dias foi planejado durante dez anos por nós. Deixamos seu pai achar que estava no controle da situação, pois precisávamos da fórmula intacta. Descobrimos o esconderijo de seu pai e o dispositivo de segurança que colocou na primeira igreja era inviolável. Durante todos esses anos, cuidamos daquela igrejinha para que nenhum mecanismo fosse danificado e a fórmula destruída. Seu pai foi muito esperto, acondicionou ao mecanismo de segurança o seu DNA, do seu irmão e o dele, somente assim vocês poderiam destravá-lo. Não podíamos nem obrigá-los a isso, pois o leitor de ondas cerebrais iria acusar. Vocês teriam de fazer isso de livre e espontânea vontade, como você fez.

– Mas como? Meu pai não confiava em ninguém!

– Confiava, sim, e é por isso que lhe apresento nosso mestre, o vampiro mais velho de nosso clã, conhecido hoje como Mestre Roger. Veja, ele está lá no alto em seu trono, com seu irmão preso ao lado – terminou o vampiro, apontando para cima e deixando Renata estupefata.

– Mas esse senhor é o advogado do meu pai!

– Sim, minha cara. Inclusive foi ele, quando seu pai ainda estava em nossa comunidade, que descobriu seu plano. E depois, quando seu pai roubou a fórmula, ficou ao lado dele dando todas as direções até a chegada deste momento. Todas aquelas pessoas, histórias de fantasmas e tudo o que passaram até o momento foi arquitetado pelo mestre. Agora, se não quiser ver a cabeça de seu irmão rolando pelas escadas, entregue-me a fórmula.

– Não, primeiro solte-o!

– Sabe que podemos tomá-la de você, não sabe? E se não a trouxe ou ela estiver errada, mataremos seu irmão na sua frente!

– Não fariam isso!

– Duvida?

Neste momento, o mestre dos vampiros começou a descer as escadas da pirâmide, puxando Carlos pelos cabelos, até ficar bem próximo a Renata e disse:

– Não precisa temer, minha jovem. Veja seu irmão, vou dar a você a oportunidade de ser como nós para desfrutar de um mundo novo e assim todos sairão ilesos daqui, inclusive eles, se aceitarem também a minha oferta – apontou o vampiro, que estava com a forma do velhinho do escritório de advocacia que Renata e seu irmão tinham encontrado havia poucos dias.

Trazidos pelos outros vampiros, estavam JK, Beto e Lucy, todos de joelhos. Logo atrás, passando por todos, vinha Alicia, só que ela estava diferente. Não era a mesma, estava de preto, mas, naquele momento, parecia que estava com uma roupa mais preta ainda.

— Renata, não se preocupe. Seja como nós, veja. Hoje, cheguei aqui com um tiro no peito e agora estou ótima. Sinto que posso fazer coisas incríveis. Agora sou uma vampira e só me arrependo de não ter virado vampira antes.

— Não posso acreditar, você também!

— Renata, não entregue a fórmula! — começaram a gritar um por um, Carlos, Beto, JK e Lucy.

A moça começou a tirar do bolso uma caixa, que tinha um botão em cima, e falou:

— A fórmula está aqui dentro. Soltem todos e nos deixem partir, senão aperto este botão e ela se incinerará na frente de vocês!

— Você será morta, e mesmo que leve mil anos, chegaremos à fórmula novamente e tudo o que fizer não terá valido a pena! — disse nervoso Roger, já mudando de forma e se mostrando realmente como era: um homem jovem de vinte e poucos anos, de cabelo escuro, com olhos azuis da cor do céu. Sendo o vampiro fundador do clã e o mais velho, era o único que tinha mais poderes que os outros, inclusive, o de mudar de forma.

— Contemplem a face de nosso mestre, irmãos! — gritou Alaor, interrompendo tudo ao ver a mudança de seu líder.

Todos ficaram abismados, pois aquilo era coisa que só se via nos filmes. Renata foi se afastando para trás enquanto o vampiro-mestre vinha em sua direção. Ela estava confusa e assustada. Olhava tudo e todos e estava pensando por que estava lutando. Por que não virar uma vampira e viver a eternidade ao lado de seu amor? Foi então que ela gritou:

— Esperem! Eu quero ser como vocês! Só que eu quero ser a primeira a me transformar. E quero a presença de todos os vampiros para ver isso, pois seria uma grande líder dentro de minha futura espécie e gostaria que todos guardassem esse momento.

— Se está planejando alguma coisa com aquele vampirosinho medíocre que agora é seu namorado, minha querida, pode esquecer! Não tem chance contra todos nós! — interrompeu Alaor.

— Não, não estamos planejando nada e para provar vou chamá-lo: Pode aparecer, João, temos que nos unir a eles!

Das sombras, surge um grito:

— Não, Renata, não podemos! O que está fazendo?

— Saia, por favor! Desejo ser como eles, quero ser eterna!

— Apareça, meu filho perdido, volte para seu pai e mestre! — bradou Roger.

Das sombras, o jovem vampiro apareceu caminhando e falando:

— O que é isso, Renata? Não pode desistir agora! Sabe que não sou como eles, serei morto!

— Não se preocupe, filho, todos os seus pecados estão perdoados — continuou o vampiro-mestre.

— Viu, João! Eles são diferentes, quem sabe teremos um mundo melhor mesmo!

— Eles vão escravizar a raça humana e transformar em vampiros apenas aqueles que lhes interessam para alcançar seus objetivos de dominação. Não podem transformar todos em vampiros senão perdem o seu alimento, que é o sangue humano.

– Não precisamos escravizá-los, filho. Poderemos viver em paz uns com os outros no futuro. Estamos fazendo isso agora, porque sabemos que os humanos não aceitariam a nossa condição, a não ser quando já fizermos parte de sua sociedade em grande número.

– Acorda, Renata! Isso não é um plano de cooperação, e, sim, de dominação!

– Poderemos viver em paz, homens e vampiros, as duas espécies terão benefícios. Nosso sangue pode servir para curar doenças dos humanos e, em troca, eles terão apenas que doar sangue para nossa espécie.

– Viu só, João! Ele tem razão, podemos viver juntos e aqueles como eu que quiserem ser como eles, poderão, não é mesmo, Roger?

– Claro, minha filha, basta você entregar a fórmula.

– Tudo bem, eu vou entregar, mas temos de sair daqui!

– E por quê? Podemos fazer a cerimônia aqui mesmo.

– Não, não podemos – afirmou a garota com voz meio triste. – Antes de mudar meu conceito sobre vocês, concordei com João em fazer um plano. Então, como todos estavam empolgados lá em cima com a chegada do líder Roger, entramos em contato com um tal de Lucas, que ajudou o João a encher de explosivos este local, pois sabíamos que vocês estariam aqui para o discurso do mestre.

– Você nos traiu, Renata! Não posso acreditar... – disse João com voz triste e baixa.

O mestre logo olhou para Alaor, que sentiu o ódio percorrer todo o seu corpo junto com a raiva por ter esquecido daquele inseto que quase estragou seus planos.

– Não quero que ninguém seja punido; afinal, seremos todos irmãos – continuou Renata. – Onde está Lucas, João? Sei que pensa que traí vocês, mas agora que vejo a verdade não considero isso uma traição.

– Apareça Lucas, está tudo acabado! – pediu João, sem acreditar que havia sido traído pelo grande amor de sua vida.

– Quero que todos saibam que, apesar de tudo o que aconteceu, todos têm a minha palavra que nada de mal lhes acontecerá – proferiu o mestre de todos. –Também quero que escutem que fico muito feliz em saber que teremos outra irmã e essa em especial, pois ela poderá, finalmente, herdar o lugar que seu pai equivocadamente deixou de usar. Tudo e todos estão perdoados e, como prova disso, quero que soltem essas pessoas. Podem ir embora ou, se quiserem, podem ficar para ser como nós, a escolha é de vocês.

– Viu, João, meu amor! E Lucas, se estiver me ouvindo, não precisa temer, todos seremos uma família agora. Devemos ir para o outro pátio de cerimônias, rápido, por isso apareça e veja minha transformação.

De trás de uma coluna apareceu Lucas com o detonador na mão. Ele se juntou a João, e os dois foram para onde estavam todos os outros. Visivelmente abatidos, ficaram parados, olhando tudo sem acreditar. Beto, Lucy e JK também haviam entregado os pontos, não tinham mais saída a não ser lamentar por Renata e rezar para continuarem vivos.

– Para selar nosso pacto aqui, vou revelar coisas a todos e espero que o passado fique esquecido de hoje em diante. Que este dia fique conhecido como o dia em que mudamos, que iniciamos nossa caminhada para mudar o mundo! Nossos irmãos estarão pelo Estado todo, trazendo mais irmãos para nosso lado e esses irmãos se multiplicarão até podermos convencer os humanos de que podemos viver juntos neste planeta, em paz. Primeiro, Lucas, esta jovem que está vendo é sua irmã e adotou o nome de Lucy. E JK, que nos odiou por tantos anos, poderá se juntar a seu filho novamente que agora se chama João e está bem à sua frente.

As revelações deixaram JK e Lucas surpresos, pois não sabiam que seus familiares ainda estavam vivos. João e Lucy, claro, sabiam dos outros, mas não queriam se revelar para protegê-los. Agora não havia mais segredos, todas as peças estavam se encaixando.

– Agora que todos demos provas da confiança que selamos aqui, vamos para o outro pátio iniciar a cerimônia. Vá, Carlos! Abrace sua irmã agora que ela será uma de nós.

Sob o olhar de todos que estavam naquele lugar, Roger soltou Carlos, que correu para cumprimentar sua irmã pela escolha. Lucas entregou o detonador para Alaor e abraçou sua irmã. O mesmo fez João, que ficou com seu pai. Renata entregou a caixa com a fórmula para Roger e pediu a ele para abrir após sua cerimônia. Ele concordou e, depois de duas horas, haviam desarmado as bombas e estavam a caráter, prontos para a cerimônia de Renata. Todos trajados devidamente, inclusive ela, com um vestido branco. Seu irmão parecia orgulhoso. Os outros ainda estavam inconformados e confusos com tudo, mas permaneciam ali para ver se aquilo aconteceria mesmo ou talvez porque temessem sair e morrer, pois claro que não confiavam nos vampiros. Mas agora isso não importava, já que estava tudo perdido. Com todos reunidos e prontos, Roger começou seu discurso:

– Irmãos, hoje é um dia muito especial para todos nós. Claro que o pai desta jovem nos traiu, mas o queríamos aqui para ver o nosso triunfo; afinal, sem ele isso não seria possível. Mas, hoje, ela será uma de nós e tomará o lugar de seu pai por direito. Temos também que comemorar por termos recuperado nossa fórmula, pois agora poderemos multiplicar nossa espécie. Depois de todos esses anos, nosso triunfo florescerá por todos os lugares. Que comece a cerimônia! Eu mesmo serei o responsável por transformá-la em uma de nós.

Carlos parecia muito orgulhoso da irmã, junto com Alaor, Jefferson e outro líder da igreja de nome Nestor. Beto, JK, Lucy, Alicia, Lucas e João estavam do outro lado do palco, enquanto Renata e Roger ficavam no centro, sob o olhar da multidão. Mas, de repente, Alaor interrompeu e disse:

– É um truque, mestre, tem alguma coisa errada! Como ela sabia deste pátio de cerimônias?

Roger olhou para Renata com os olhos vermelhos por sentir que estava sendo enganado, e então a garota soltou um grito e pulou para detrás do altar:

– Agora, João! Agora!

João pegou um detonador que estava em sua bota e acionou-o. No mesmo instante, vários explosivos foram detonados, separando as pessoas e os vampiros que estavam no altar dos outros vampiros que assistiam à cerimônia, cobrindo de terra todos eles. Renata, João, JK, Beto, Lucy, Lucas, Alicia e Carlos ficaram de um lado enquanto Roger, Alaor, Jefferson e Nestor, do outro. Foi então que o poderoso vampiro vociferou:

– Acham que podem me destruir com estas bombinhas? Vou beber até a última gota do sangue de vocês e depois farei isso com todos os humanos que ficarem no meu caminho! Acham que matar alguns vampiros vai acabar conosco? Tenho centenas de vampiros neste momento por todo o Estado e logo serão milhares! Dei a chance a vocês de participarem deste novo mundo, mas agora vou matá-los um por um.

— Esta hora, Roger, todos os ônibus e carros da igreja estão sendo parados pela polícia e pelo Exército brasileiro.

— Do que está falando, seu policial idiota?

— Vocês são tão arrogantes que se descuidaram da gente, estavam tão confiantes na vitória que nem sequer nos vigiaram. Lucas entrou em contato conosco no sábado, eu atendi ao telefone. Então bolamos um plano e por isso nos pegaram na igreja onde estava a fórmula, pois já sabíamos. Depois, meu irmão serviu de isca para conseguirmos entrar aqui. João veio mais cedo e encontrou-se com Lucas, que os levou ao policial Beto e a todos que estavam desguarnecidos. Com a ajuda dos equipamentos de vídeo do Lucas, enviamos todas as imagens do que estava acontecendo aqui e armamos as bombas em dois locais para despistá-los e ter a confiança de vocês. Meu pai estava cego pelo ódio e tentou fazer tudo sozinho. Eu não, vou derrotá-los, mas com a ajuda do país. Logo, Roger, este lugar ficará cercado — afirmou Renata com ar de satisfação.

— Não vou fugir enquanto não matar vocês! Vamos pegá-los! — ordenou o vampiro aos outros.

— Tomem as armas que escondemos aqui! Quem for vampiro luta com um vampiro e o resto vai todo para cima de Roger que é o mais poderoso! — gritou o policial, entregando as armas que estavam enterradas perto dali.

Lucy partiu para cima de Alaor, largando a arma e dizendo:

— Por tudo que me fez passar, vou acabar com a sua vida com minhas próprias mãos, Alaor!

Ele, que tinha o aspecto de um líder religioso de idade avançada, mudou de repente e se transformou em uma criatura forte e revigorada. A garota não ficou para trás e invocou também os seus poderes.

O vampiro desferiu um golpe feroz no rosto de Lucy, que viu seu sangue jorrar pelo chão. Rapidamente, ela se levantou e pulou por cima do ombro de Alaor, dando-lhe uma joelhada nas costas e o afastando. O golpe não surtiu muito efeito, pois o vampiro logo partiu para cima dela, jogando-a no chão e desferindo vários golpes. Com certeza, ele era mais forte. Ao final, levantou os braços e deu um forte grito para o alto.

Carlos partiu para cima de Jefferson e, inesperadamente, envolveu-o em uma gravata e com toda a sua força de vampiro arrancou-lhe a cabeça em instantes, jogando-a para longe, deixando todos surpresos com tamanha ferocidade.

Já Alicia disparou vários tiros contra Nestor, que caiu. Ela deixou o vampiro e dirigiu seus esforços para Roger, que estava cercado por todos os outros que descarregavam suas armas sobre ele, e da mesma maneira ela procedeu.

Depois de receber vários disparos, Roger caiu de joelhos, abaixando a cabeça. Surpreendentemente se levantou e bradou:

– Vocês acham que suas armas podem destruir um imortal de minha magnitude? Destruirei todos vocês e, depois, reorganizarei todo o meu plano!

O monstro logo seguiu com velocidade incrível para cima de todos, desferindo golpes fortes e rápidos; arremessou-os para longe, principalmente aqueles que não eram vampiros. Quem tomou o pior golpe foi Renata, que ficou caída, gravemente ferida. Os outros se levantaram e se juntaram a Carlos, que havia derrotado Jefferson, enquanto Roger e Alaor se juntaram.

— Vou ver Renata – disse João, preocupado com a moça que ainda estava caída.

— Renata, como você está? – indagou o rapaz, chegando perto e se assustando com o ferimento que viu nela.

— Somente meu irmão pode detê-lo, somente meu irmão pode detê-lo! – repetiu a moça, agonizante.

Lucy estava caída no chão, também gravemente ferida, enquanto João ajudava Renata. Os outros estavam enfrentando dois terríveis vampiros e, com certeza, estavam em desvantagem. A esperança de saírem vivos ficava cada vez menor.

A Batalha Final

Os ônibus e carros que voltavam do final de semana de festas da Igreja Esperança Renovada pegavam a estrada e se dirigiam para as cidades onde a igreja tinha filiais. O que não sabiam é que em breve todos seriam parados.

Por sorte, as saídas da sede da igreja eram três: a rodovia Dutra, Carvalho Pinto e Tamoios. Depois do aviso de Renata e dos outros, e com apoio das operações conjuntas da Polícia Federal, Exército e Aeronáutica, foram feitas blitz e todos os carros e especialmente ônibus eram obrigados a parar. A cúpula militar do país se empenhou ao máximo para impedir que a notícia se espalhasse. Por ser algo em que quase ninguém acreditava, nem os soldados foram informados, apenas sabiam que deviam prender todos que estivessem voltando do encontro da igreja. A notícia que circulou, para acalmar os familiares, parentes e todas as pessoas da região, era que aqueles cidadãos estavam sendo levados para testes, pois haviam sido expostos a uma bactéria nociva na sede da igreja.

Como os vampiros haviam sido pegos de surpresa, não conseguiram fugir e foram todos levados junto com os humanos para o posto da Aeronáutica, em São José dos Campos. Lá os pesquisadores conseguiram formular um teste para saber, através do sangue, quem era ou não vampiro, e estes foram presos enquanto os humanos eram liberados.

A luta em São Paulo foi mais dura contra os desovadores, que estavam espalhados. Nos prédios velhos e sujos, o que os militares brasileiros encontraram foi uma enorme carnificina.

Vários vampiros desovadores foram capturados. Em São Paulo, também a informação noticiada era uma contaminação nos prédios por bactérias.

Os militares seguiam à risca as orientações da cúpula das forças armadas que haviam sido alertadas por Renata e os outros depois de verem as cenas gravadas. No começo, eles não acreditaram, mas, após as imagens e a captura dos primeiros vampiros, mandaram imediatamente uma força militar extra para o ninho dos vampiros. Restava agora saber se daria tempo de salvar os outros.

– Senhor, chegamos ao ponto zero e parece que houve uma explosão no subterrâneo. Investigamos o local e achamos diversos documentos. Devemos prosseguir com o plano?

– Não encontraram os jovens que nos enviaram os vídeos e as mensagens?

– Não, senhor.

– Então está bem. Como eles nos avisaram, não devemos entrar no subterrâneo, e, sim, lacrá-lo. Não sabemos quantos vampiros existem, por isso enviem um alerta e esperem durante meia hora. Se eles não saírem, destruam tudo e enterrem esses malditos.

– Entendido.

No subterrâneo a coisa estava feia. João ainda amparava Renata, e Alicia estava caída. Os outros estavam sendo encurralados por Roger e Alaor, que se preparavam para desferir os golpes mortais. Por todos os lados, a multidão de vampiros que habitava o subterrâneo estava chegando, seguindo o chamado de seu mestre.

– Vão! Eu vou enfrentá-lo! – gritou Carlos.

– Você não vai detê-lo sozinho! – respondeu Beto.

– Logo o Exército vai detonar tudo aqui. Vejam, é o sinal e as hordas de vampiros estão chegando. Salvem minha irmã!

Carlos voou para o meio dos dois vampiros e se entrevou entre eles. Beto e os outros pegaram Alicia e correram para onde estava João e Renata. Esta já estava de pé e usou das mesmas palavras de seu irmão:

– Vocês precisam ir agora! Eu tenho que ajudar meu irmão! – disse Renata, que estava diferente.

Todos ficaram meio assustados ao ver a moça dócil virar uma mulher destemida, mas não hesitaram, pois sabiam que era a única maneira de saírem e protegerem o mundo do mal dos vampiros que haviam sobrado.

– Pessoal, temos de ir, senão seremos enterrados com todos os vampiros, e lá fora os militares vão precisar da gente. Se os dois querem ficar é porque sabem que é o destino deles. Cumpra sua missão, Renata. De onde estiver, seu pai vai ter orgulho de você – finalizou Beto.

– Também vou ficar – disse João.

– Filho, me desculpe por não ir atrás de você, me perdoe, tenho orgulho de você. Agora me dê a fórmula para levar para os militares – falou JK.

Para surpresa de todos, João pegou seu pai e o prendeu:

– Pai, sempre tive orgulho de você, e quando Lucas me contou que estava do lado deles, quase não acreditei. Mas depois que pensei um pouco tive a certeza de que estava enganado, pois eles sempre sabiam a nossa localização. Infelizmente, não posso deixar você sair daqui, muito menos com a fórmula. Tome, Beto, leve a fórmula!

– Seu idiota, você tem a vida eterna, e eu era apenas um velho em uma favela, lutando por uma causa sem-fim. Depois eu iria morrer, eles ficariam aí e ninguém se importaria. Eles me ofereceram a vida eterna e ainda posso tê-la se tiver a fórmula. Solte-me!

– Não, pai, não sabe o que está falando e o que sinto. Não sabe o que é ser vampiro e nunca saberá. Traiu a mamãe e a todos e agora será enterrado aqui comigo. Vão!

Mesmo ferida, Alicia ficou surpresa com a revelação e triste, pois, no fundo, gostava de JK. Ao mesmo tempo sentiu ódio, porque ele pusera a vida de todos em risco, pensando apenas nele mesmo.

Todos correram na direção contrária da batalha enquanto olhavam para trás, vendo seus amigos ficarem para a morte.

Conseguiram encontrar a saída e deram de cara com os militares que cercavam o local. Logo foram rendidos e explicaram a situação para o comandante da operação, que providenciou imediatamente o teste em todos eles. Constatando que Alicia e Lucy eram vampiras, resolveu mantê-las em quarentena, mesmo sob protestos de Beto e Lucas.

– Vocês não podem prendê-las – insistiu nervoso Beto.

– Ele tem razão, elas nos ajudaram na luta contra os vampiros – emendou Lucas.

– Não podemos arriscar a segurança nacional. Temos de prender todos e iniciar a "Operação destruição do ninho dos vampiros". Serão levados para a central de operações e liberados posteriormente, menos os vampiros. Onde está a fórmula, policial Beto?

– Não vou lhe entregar! Tem que nos soltar, arriscamos as nossas vidas por tudo isso aqui e há mais três pessoas lá dentro! Vocês não podem detonar as bombas!

– Revistem todos e continuem com os planos – ordenou o comandante.

Os militares revistaram Beto, encontraram a fórmula e mandaram-na imediatamente para a central do quartel-general, na esperança de encontrar um antídoto para a droga que os vampiros haviam espalhado pela cidade. Junto com a fórmula enviaram os prisioneiros: Beto, Lucy, Alicia e Lucas. O comandante então deu a ordem para iniciar a implosão do ninho dos vampiros.

Enquanto isso, no subterrâneo, Roger levou um golpe direto de Renata e João de uma só vez, deixando livre Carlos para enfrentar Alaor. Renata e João ficaram frente a frente com o líder dos vampiros:

— Vejo que agora você também é uma de nós. Mas vocês três não são capazes de me destruir. Nada pode me destruir!

— Você está enganado, Roger. Quando encontrei a fórmula, também encontrei um bilhete do meu pai que dizia que somos herdeiros da linhagem do clã dos Von der Sar. Meu pai não queria destruir os vampiros, e, sim, você. Ele sabia que não podia matá-lo sem virar vampiro, mas, infelizmente, ele não era compatível para ser um, portanto, bolou todo esse plano, sabendo que nós éramos compatíveis. Ao invés de enganá-lo, você que foi enganado e, agora, colocaremos um fim no que seu irmão começou.

Não pode ser! Quando virei vampiro puro e minha família me caçou, eliminei todos os meus parentes para que nada pudesse me destruir.

— Pois é, seu irmão deve ter tido algum filho e as gerações foram passando e chegando até a mim e meu irmão. Podemos matá-lo, Roger, e vamos fazer isso em nome de meu pai e minha mãe, e de todos que você destruiu.

O vampiro, subitamente, sentiu o poder na veia dos dois que, até então, nem tinham notado, já que estava tão confiante com a vitória. Pela primeira vez, percebeu que poderia ser derrotado e que havia sido claramente enganado pelo pai deles.

Renata partiu para cima do antigo vampiro, lutando de igual para igual com ele. Com a ajuda de João, conseguiu até alguma vantagem, acertando alguns golpes. Enquanto, isso Carlos estava derrotando Alaor, que sentia o poder do rapaz crescendo cada vez mais. Em um dos golpes rápidos, Carlos conseguiu morder o ombro do vampiro e beber seu sangue, com isso seu poder aumentou ainda mais.

– Mestre, ele está se tornando muito forte, precisamos sair daqui!

– Não desista, Alaor, lute até o fim! Logo este lugar estará cheio de nossos irmãos!

– Mas precisamos sair daqui, tudo vai explodir!

– Você precisa me defender, eu sou a única esperança de nossa raça prosperar. A explosão não vai destruir meu corpo. Preciso de sua ajuda!

Mas Alaor estava ficando fraco, e com um golpe de misericórdia, Carlos arrancou-lhe a cabeça e se tornou ainda mais feroz. Renata e João lutavam bravamente com o vampiro, que conseguiu ferir João.

– Você está bem? – preocupou-se Renata.

– Não vou conseguir – disse o rapaz, caindo no chão.

Enquanto Renata voltou-se para ajudar o namorado, Roger se aproveitou e pegou a moça pelo pescoço para desferir-lhe um golpe fatal.

– Eu não disse que não vai me destruir, garota? Morra pelas minhas mãos, como morreram tantos outros! Vou sobreviver e refazer meus planos de criar uma nova raça, e seus esforços serão em vão!

Mas por estar distraído, o vampiro não percebeu a aproximação de Carlos, que atravessou uma espada pelo seu corpo, fazendo o mostro soltar um grito estridente que fez com que todos os vampiros do local também gritassem. Os gritos foram ouvidos até do lado de fora pelos militares que resolveram apressar a implosão do local. Com o monstro preso à sua espada, Carlos gritou:

– Renata, pegue a outra espada e faça o mesmo; assim o mataremos!

Renata não hesitou e fincou a outra espada no vampiro, que, em um último suspiro, mordeu Carlos. Este sentiu o poder que emanava do mestre dos vampiros e o soltou, sentindo a força em seu corpo. O monstro caiu com as duas espadas cravadas no corpo, sob o olhar atônito de todos os vampiros que cercavam o local.

Renata pegou João e, junto com seu irmão, correu para sair dos subterrâneos, pois sabiam que restavam segundos até a explosão. Carlos, com força descomunal, segurou os dois e saltou para a saída antes que tudo viesse abaixo. Os militares explodiram tudo, enterrando e carbonizando os vampiros que estavam lá, junto com seu líder Roger.

Será o Fim?

Renata, João e Carlos haviam escapado das bombas e observavam de longe a movimentação dos militares no local. Ficaram assim por horas, até terem a certeza de que nada havia sobrado enquanto aproveitavam para esperar a recuperação de João.

– Não estou vendo Beto e os outros – disse Carlos.

– Eu também não, mas acho que não devemos nos arriscar com os militares.

– Também acho que não, estou desconfiado. Precisamos saber o que aconteceu com eles, mas temos que sair daqui agora que sabemos que todos os vampiros foram mortos. Você está melhor, João?

– Estou, podemos ir.

Os três andaram horas até chegar a São José dos Campos e o dia já estava nascendo. No caminho, viram o comboio dos militares indo em direção à cidade. Estavam exaustos e preocupados com os outros, mas, naquele momento, sabiam que não podiam enfrentar os militares. O único alívio era o fato de terem acabado com os vampiros. Finalmente, o plano de seu pai havia se concretizado e o mestre dos monstros estava morto.

Chegaram a um local no centro da cidade. Era de manhã e decidiram ir a um lugar onde pudessem comer e ver o noticiário. Estava em todos os canais: "Militares fazem megaoperação para evitar contaminação. Fontes indicam que até uma implosão foi realizada na cidade de Jambeiro. As pessoas estão sendo levadas para a base da Aeronáutica na cidade, passam por exames, e aquelas que não estiverem contaminadas são liberadas.

O coronel Jorge já informou às autoridades de que uma vacina está sendo providenciada, a partir de informações coletadas ontem sobre a doença".

– Deve ser a fórmula que pegaram de Beto – disse João. – Eles devem estar usando para tentar reverter o vírus do vampirismo e eliminar os efeitos da droga, como havíamos informado a eles.

– Agora eles ficam com todo o crédito.

– Não se preocupe, meu irmão, não precisamos disso.

O noticiário continuou afirmando que a Igreja Esperança Renovada estava sob interdição do governo por práticas ilegais e que os fiéis deveriam não procurar a religião. Denunciaram Alaor como um monstro que usava a igreja para disseminar novas drogas e foi daí que surgiu a doença. Pediam a todos os membros para procurarem bases militares para fazer o teste. Todo o plano dos vampiros estava acabado pelo que o noticiário informava, mas de outra maneira. A única coisa que assustou os três foi as fotos de Carlos e Renata aparecendo no noticiário como procurados. Ficou claro ali que os outros estavam presos pelos militares.

– Precisamos sumir por uns tempos – sugeriu João. – Eles devem estar atrás de todos os vampiros. Se pegaram Alicia, ela pode estar morta. Com certeza, os militares não vão entender que somos vampiros bonzinhos.

– Como não? Graças a nós eles fizeram tudo o que fizeram. Se não fosse a gente arriscar nossas peles, eles nem saberiam o que estava acontecendo. Como podem fazer isso com a gente!

– Calma, as pessoas são assim mesmo, têm medo do que não conhecem. Vamos fazer o seguinte, sumimos por um tempo e esperamos o contato de Lucas ou Beto. Eles vão ter que soltá-los. Não são vampiros – disse Renata.

— E se não soltarem, acho que no fundo Roger estava certo!

— Não diga isso! Não somos como ele!

— Calma, Carlos, acho que Renata tem razão.

— Vocês podem se conformar com isso, mas eu não. Não quero viver fugindo porque sou diferente. Acho que temos que nos separar.

— Do que está falando, meu irmão?

— Renata, Roger me mordeu e eu senti seu poder. Não vou deixar os humanos acabarem com isso. Posso fazer coisas grandes e vou fazer. Vou reunir vampiros que queiram fazer uma comunidade ou algo assim.

— Você esta falando igual a ele... É sério?

— Só quero sobreviver.

— Renata, é melhor deixar seu irmão ir – ponderou João.

Quando voltaram os olhos para Carlos, este não estava mais lá. Sabiam que não podiam ficar ali, pois eram procurados por todo o país. Tinham de definir um outro plano. Sabiam que a esta altura, todos os bens de Renata e de seu irmão estavam bloqueados pelos militares e não podiam voltar para nenhuma das casas dela.

— Vamos, Renata, precisamos ir.

— Mas e meu irmão?

— Renata, como Carlos mesmo disse, ele foi mordido por Roger, não sabemos como isso o afetou.

— Você tem razão, aquele monstro era muito antigo e ninguém sabia ao certo o que ele era. Só espero que meu irmão fique bem, ele nunca foi má pessoa.

— Eu sei, não se preocupe. Se existe alguém que pode se cuidar a essa altura, esse alguém é ele. Precisamos seguir seu plano. Vamos.

Saíram do bar, foram em direção à estrada e olharam um para outro e para aquele caminho sem-fim. Sabiam que, de agora em diante, suas vidas nunca mais seriam as mesmas e que seus destinos pertenciam aos caminhos que a vida os levasse. Mas de uma coisa tinham certeza: seria muito fácil enfrentar qualquer adversidade juntos, pois dentro de seus corações de vampiro havia brotado a semente do amor. E isso ia os unir para sempre.

**INFORMAÇÕES SOBRE NOSSAS PUBLICAÇÕES
E ÚLTIMOS LANÇAMENTOS**

Cadastre-se no site:

www.novoseculo.com.br

e receba mensalmente nosso boletim eletrônico.

novo século